「早くここから逃げよう！」
「ええ、あなたとならどこまでも！」
JN088010
祭壇にひとり惨めに残された俺は
去って行く背中を
眺めることしかできなかった。

「こっちも美味しいね。お義兄さん、よくできました」
ぽんぽん、と頭に優しい感触がする。
「あの、寧々ちゃん？」
Fujisaki Nene
藤咲 寧々
新の元婚約者·姫乃の妹。
藤咲グループを経営する藤咲家の令嬢だが、
自立心があり料理上手。
新を「お義兄さん」と呼んで慕う。

「あ、ごめんなさい。つい……。
年下にこんなことされるの嫌だったよね？」
「えっと、嫌じゃない。ただ恥ずかしかっただけで」

Ichinose Arata
一ノ瀬 新

寧々の姉・姫乃と
政略結婚する予定だったが、
式の途中で花嫁に裏切られ、
破談に激怒した実父に
勤めていた会社を解雇される。

「一ノ瀬くんを慰めにきたの」

慈しむような表情に
俺は引き寄せられるような感覚を味わう。

「……本当ですか？」

「どうかしらね」

真意を読み取らせないような言葉のあとに
唇が妖しく弧をえがく。
この様子から察するに冗談だろう。
こんな美人にそんなことをいわれたら
勘違いしてしまいそうになるから困る。

「私が帰ってきたんだから
今日はパーっと飲むわよ。
一ノ瀬くん付き合いなさい！」

Miyoshi Yui
三好 結衣

元は新の直属の上司で、
今はヘッドハンティングされて
アメリカで働いている。
新の縁談が破談になったと聞いて
帰国したというが……。

「前からだといまいち上手くいかないな……ちょっと失礼するね」
そう言って俺は寧々ちゃんの後ろに回り込み、首に手を回す。
これならいつも自分で結んでいるのと変わらないように結べるはずだ。

「どうだ、苦しくないか？」

「……苦しい」

首だけで振り返る寧々ちゃんの顔はとても赤くなっていた。

その様子に俺が慌ててネクタイを緩めると、
寧々ちゃんは胸をおさえてゆっくりと深呼吸する。

おかしいな、そんなきつく締めたつもりはないんだが。

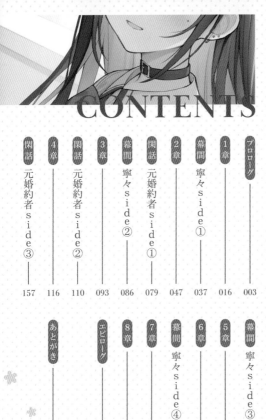

花嫁を略奪された俺は、ただ平穏に暮らしたい。

✿✿✿ Hanayome wo ryakudatsu sareta ore ha tada heion ni kurashitai ✿✿✿

CONTENTS

プロローグ ―― 003
1章 ―― 016
幕間 寧々side① ―― 037
2章 ―― 047
閑話 元婚約者side① ―― 079
幕間 寧々side② ―― 086
3章 ―― 093
閑話 元婚約者side② ―― 110
4章 ―― 116
閑話 元婚約者side③ ―― 157
幕間 寧々side③ ―― 164
5章 ―― 171
6章 ―― 196
幕間 寧々side④ ―― 232
7章 ―― 237
8章 ―― 247
エピローグ ―― 277
あとがき ―― 284

illustration by Kuro太　design by AFTERGLOW

花嫁を略奪された俺は、ただ平穏に暮らしたい。

浜辺ばとる

角川スニーカー文庫

24059

プロローグ　Prologue

Hanayome wo ryakudatsu sareta oreha tada heion ni kurashitai

人生における節目。今日はそんな日になるだろう。

入学式、卒業式、成人式。式とは往々にしてそういうものだ。

そして、結婚式もそのうちの一つ。

俺はなにかが大きく変わる予感がしていた。いや、それは期待を込めすぎだろうか。

◇

結婚式場の控え室。

「お義父(とう)さん、お義母(かあ)さん。本日はよろしくお願いいたします」

「新(あらた)くん、式の準備ご苦労様だったね。今日はよろしく頼むよ」

「まあ、お義母さんだなんて！　何度聞いても良いわね。新さん、こちらこそよろしくお願いしますね」

新郎としての支度を終えた俺のもとにお義父さんとお義母さんが来られたので、お二人にご挨拶をする。

そして、お義母さんは頬に手を当てて悩ましげに続けた。

「先ほど姫乃の様子を見てきたのだけど、あの子ずいぶん準備に時間が掛かっているようね。間に合うのかしら」

俺は壁にかかっている時計にちらりと目をやる。

お義母さんが口にした姫乃とはお二人のご令嬢であり、俺の婚約者でもある藤咲姫乃さんのことだ。

新婦である姫乃さんは着付けやメイクのために俺よりも早く式場入りをしている。

式本番までにまだ時間はあるがそれまでに親族で写真撮影やリハーサルもあり、それほど余裕はない。

「姫乃さんどうしたんでしょうか」

「なんでも『やっぱりこのドレスじゃなくて前のドレスの方が可愛かった』とか駄々をこねたみたいで。あの子ったらもう」

光景が容易に想像出来てちくりと胃が痛む。

ウェディングドレスはこれまで数々の試着をしてやっと決めた挙句、一週間前に気分が変わって急遽取り寄せてもらったものだ。

「結婚式を目前に気持ちがナーバスになっているのでしょう。それに、こだわってしまう気持ちは理解できます」

しかし、人生で一度しかない結婚式。その晴れ舞台を最高のものにしたいという気持ちがあるのだろう。

俺は出来るだけ要望を叶えてあげたい。それがパートナーの努めだと思う。

「新さんは優しい人ね。こんな良い息子ができて本当に嬉しく思うわ。ねえ、誠司さん」

「ああ、そうだね。私たちにとって初めての息子が新くん、君で良かったと心から思うよ」

「ありがとうございます。ですが俺には勿体無いお言葉です。これから藤咲家の一員として相応しい人間になれるように精進いたします」

「こちらから婚約をお願いしたんだ、既に君は十分相応しい人間だよ。意気込んでくれるのは大変嬉しいがそんなに固くならなくて良い。不肖の娘で至らないところはあると思うが、その時は私たちもサポートをするから遠慮せず頼ってくれたまえ。今日で私たちは家族になるのだから」

柔和な笑みを浮かべるお義父さんに続いて、「そうよ」とお義母さんも俺に優しく微笑みかけてくれた。

式を終えたら俺は婿入りしてこれからは藤咲家の姓を名乗る。だが、名前が変わっただけでは書面上の家族に過ぎない。

二人の信頼に応えるべく時間をかけて家族になっていきたいと思う。

「それでは私たちは行くよ。また後ほど会おう」

藤咲夫妻が控え室をあとにして、入れ替わるように一人の男性がノックひとつもなく入ってきた。

「おい、本日は西湘（せいしょう）ホールディングスの執行役員が来られるが席次は問題ないだろうな」

「はい。以前お伺いしていたので問題ありません」

「あとエスジーインダストリーの常務と富澤（とみざわ）重工の専務の仲が以前取引でトラブルがあったため芳しくない。この二人の配置は分かってるな」

「そちらも抜かりありません」

その男性は俺の実の父親である一ノ瀬（いちのせ）修（おさむ）だった。父の確認に対し、俺は用意していた言葉を返す。そこからは味気のない業務連絡のような会話が繰り広げられた。

俺の返答に満足したのか父は鼻を鳴らし「これでようやくお前を育ててやった甲斐（かい）があるというものだ。くれぐれも俺に恥をかかせるなよ」と釘（くぎ）をさして去っていった。

父との対面に気疲れした俺はため息をつく。

「お義兄（にい）さん」

こんこん、と扉からの小さい音に続いて、鈴を転がしたような美しい声がした。

俺のことをお義兄さんと呼ぶ人物は一人しかいない。

「どうぞ、入っていいよ」

「失礼します」

美しい所作とともに黒髪の見目麗しい少女が入室する。

一見すると清楚系なのだが、髪には赤のインナーカラーが入っており、ヘアアレンジしている黒髪の中に赤がところどころ顔を出していて立体感のある表情を見せていた。

「お義兄さん、タキシードとっても似合ってるね。かっこいい」

彼女は奥ゆかしくて行儀が良く、気遣いまでできるとてもいい子だ。現に俺のような人間にも社交辞令を忘れていないのだから。

「ありがとう。寧々ちゃんもそのドレス似合ってる」

「そうかな？　ふふ、ありがと」

そっと口に手を添えてお義母さん譲りのお淑やかな笑顔を見せるこの子は藤咲寧々ちゃん。姫乃さんの妹で、俺の義妹にあたる高校三年生の女の子。

深紅のドレスを身にまとい、首元には黒のサテンのチョーカーが巻かれコーディネートを引き締めつつ上品さが加えられている。

赤いカラコンをつけた目元にある小さな泣きぼくろが印象的だった。

「あの日お義兄さんと橋の上で会ってから、こんな日が来るなんて思ってもみなかったな」

「俺も想像もしてなかった。寧々ちゃんのおかげで今があると思ってる」

俺が姫乃さんと婚約することになったのは三年前に寧々ちゃんと知り合ったことがきっかけだった。

それから先方の両親に気に入られ、俺を姫乃さんの婚約者にしたいとの申し出があった。

あの出会いからここまで発展するとは。

「お義兄さん、ご結婚おめでとうございます。幸せになってね」

寧々ちゃんは笑顔で祝福してくれたがその表情にどこか寂しさを覚えた。

姉である姫乃さんが結婚してしまうことに感じるものがあるのだろう。

それから寧々ちゃんは一礼して退室する。そして俺は式の進行を再確認しながら姫乃さんを待った。

「それでは新婦の入場です。皆さまご起立ください」

目の前の神父の呼びかけで、来場者は立ち上がり、祭壇に立つ俺は振り返る。

扉が開くと、そこには純白のウェディングドレスに包まれた姫乃さんが父の誠司さんと並んでいた。

あれから時間ギリギリになったのだがなんとか間に合って良かった。

二人はバージンロードを一歩、また一歩と噛み締めるような足取りで進んでいく。

その様子を眺めながら、俺はこれまでのことを考えていた。

誠司さんは日本でも有数の大会社、藤咲グループの社長だ。藤咲グループは世襲制で代々男性が跡を継いでいる。しかし、男の子宝に恵まれずに困っていた。そこで俺に白羽の矢が立ったわけだ。

父親同士が見知った顔だったらしく、あれよあれよと話は進んだ。

その時に初めて父からお褒めの言葉を頂いたことを覚えている。以来、あの人は俺と彼女の関係が良好かを逐一確認してくるようになった。

ウェディングドレス姿の姫乃さんはとても綺麗(きれい)で、まさに花嫁と呼ぶのに相応しい。

その姿に、時間をかけてウェディングドレスを選んで良かったなと思えた。

それから式は滞りなく進行した。

そして、神父から誓約の問いかけのあと新婦がお決まりの『誓います』という返事をする直前、それは起こった。

「その結婚ちょっと待った！」

チャペルに似つかわしくない大声とともに木製の扉が勢いよく開かれる。

狙い澄ましたかのような絶妙なタイミング。突然の出来事にその場にいる全員の視線が当事者の青年に注がれる。

なんだこれは。フィクションとかでよくある花嫁略奪を模したタチの悪い余興か？

席に座って現場を眺めているだけなら俺も少しは楽しめたのかもしれない。だけど俺は新郎として祭壇に立っている。

たとえ冗談でもされる側というのはたまったもんじゃないな。シンプルに気分が悪い。

この余興は俺の数少ない友人の仕業ではないようだ。こんな悪趣味なことをするやつを俺は知らない。となると、姫乃さんのご友人だろうか？

横目で彼女を見やる。

姫乃さんは両手で口元を隠し「湊くんどうして……」と驚きを隠せない様子だった。小さく漏れ出た声は震え、瞳には涙を浮かべていた。

まさか、これは余興じゃないのか——。

俺がそう思い至っているなか、青年はレッドカーペットを駆け上がってきた。

つい先ほど彼女が父親とともに厳かに歩いてきた道を踏みにじるかのようだった。

余興だと思っているのか、はたまた呆気にとられているのか、誰も彼を止める気配はない。

「なんだ君は、結婚式の最中だ」

俺は一歩前に出て青年の前に立ちはだかる。

もしこれが物語なら完全に俺が悪役か当て馬だよな。

婚約者なら当然の行動をとっただけなのに、なぜかそんなことが頭をよぎる。

「悪いが俺は姫乃に話があるんだ！　そこをどいてくれ！」

「姫乃さんに話があるなら後にしてくれないか」

「いいや、今じゃなきゃいけない話なんだ！」

人の話を聞けない様子と場をわきまえない態度で思い出した。

彼は、以前俺と姫乃さんとの食事会に割り込んで『あんたに姫乃はふさわしくない！』と啖呵を切ってきた青年だ。たしか、海野湊といったかな。

姫乃さんが大学時代に知り合った友人らしく、いまでもグループで遊んでいるのだとか。

あの時も苦労させられたが、今回は結婚式だぞ。一体なにを考えているんだ？

「湊くんどうしてここに来たの！」

それは当然の疑問だ、と思っていると腰のあたりに強い衝撃が走る。

あれ、姫乃さんに押し退けられた？　え、俺が？

「どうしてって。姫乃のこと迎えに来たに決まってるだろ？」

「だって湊くん、瑞稀ちゃんとデートのはずじゃ……」

「それがさ。俺ずっと浮かない顔をしてたみたいでさ。今日姫乃の結婚式があるって言ったら。瑞稀に『何してんのよ！　さっさと迎えに行きなさいよ！』って怒られちまった」

へへっ、と照れながら頬をかく海野。

この男、女の子とのデートを放り出してここに来たのか。来る方も来る方だが、見送る方も見送る方だ。

「瑞稀ちゃんらしいね……」

「だろ？　ほんとあいつには助けられてばっかだ。そんで無我夢中で走ってるときに姫乃のことばかり頭に浮かんでさ。気づいたんだ、これが真実の愛だってさ」

真実の愛？　なに言ってるんだこいつは。

そんな寒いことを言われて姫乃さんもさぞドン引きして――


「湊くん……っ」

引いていない⁉　頬を赤らめてむしろ喜んでる⁉

どういうことだ、事態が飲み込めない。

「――好きだ姫乃。俺と結婚してくれ」

青年が取り出したのはオモチャの指輪だった。

「それは……っ！」

「ようやく思い出したんだ。君があの日結婚を誓い合った女の子だったってことに」

「あの日、私があげた指輪……。今も持っててくれてたんだね」

「当たり前だろ？　忘れるわけない」

さっきようやく思い出したって言ってただろ。俺はなにを見せつけられているんだ？

「いい加減にしてくれ。今は俺と彼女の大事な日、結婚式だぞ」

辛抱たまらなくなった俺は冷静に言い放つ。

しかし、返ってきたのは予想外の方向からの反応だった。

「新さんっていつも冷静ですよね。花嫁が奪われそうになっているのに声を荒らげることもしないですし。愛が伝わってきません」

なぜ俺が責められているんだ。

「やっぱ姫乃の言ってた通りの男だな、ロボットみたいでなに考えてるか分からねー」

「なんだと？」

聞き捨てならないセリフに、思わず絞り出すような声が出る。

姫乃さんが俺のことをそんな風に言っていたのか。

「新さん、初めの頃はかっこいいなって思ってましたが、表情も乏しくて感情表現が豊かじゃないしおまけに身長も高くて威圧感あってなんだか怖いです。それに比べ、湊くんは愛嬌（あいきょう）があって喜怒哀楽の感情が豊かで、はっきり言ってあなたみたいな人より彼の方が一緒にいて楽しいです」

たしかに俺は近寄りがたい雰囲気があることを自覚している。

背が高く、目つきも鋭い。印象を少しでも和らげようとメガネをかけてるが、どうなのだろうか。

学生時代は遠巻きにひそひそと噂（うわさ）話をされることも少なくなかった。それに引き換え、海野はぱっちりとした二重で人懐っこそうな顔立ちをしている。

身長も程よく、怖がられることはないだろう。人に道を聞かれる経験も多そうだ。ちなみに俺は人に道を尋ねられたことはない。尋ねて逃げられたことならあるが。

それにしても散々な言われようだ。俺は感情を出すのが苦手なだけで感情がないわけじゃない。さすがに悲しくなってきた。

一方、褒められている彼はどこか得意げだ。

「姫乃どうかな？　この指輪を受け取ってくれるか？」

「――はい、喜んで」

返事をきいた海野は姫乃さんの左手の薬指に指輪をはめた。

そして、指輪をうっとりと眺めながら姫乃さんは呟く。

「きれい……」

「姫乃の方がずっと綺麗だぜ？」

「湊くんってば！　もう！」

衝撃で動けない俺を置き去りに、二人だけの世界は進んでいく。

「じゃあ、行こうか」

「湊くんちょっと待って」

海野が手を引いていこうとしたそのとき、姫乃さんは立ち止まってこちらを向いた。

「最後に新さん、こちらはお返しします」

手渡されたのは、俺が以前渡した婚約指輪だった。

これは母から受け継いだ大切な指輪だ、それを返すというのは本気なんだろう。あのとき喜んでくれたのは嘘だったのだろうか。

俺の中でなにかが崩れるような音がした。

「そして、婚約破棄いたします」

反論すべきなのだろうが、言葉が出ない。

そうか、俺はまた選ばれなかったんだ。必要のない人間なんだ。

「あ！　あの男だ！　見つけたぞ！」

開かれた扉から警備員が数人あらわれる。その事態でやっと余興ではないことに気づいた式場が騒然とする。

「早くここから逃げよう！」

「ええ、あなたとならどこまでも！」

海野は姫乃さんの手を引いて出口に向かって走り出した。

道中で警備員を突き飛ばしながらも二人は進んでいく。

きっと、今二人の頭にはドラマのエンディングのように疾走感のある音楽が流れていることだろう。

祭壇にひとり惨めに残された俺は去って行く背中を眺めることしかできなかった。

1章 Chapter 1

Hanayome wo ryakudatsu sareta oreha tada heion ni kurashitai

「じゃあ、シャワー浴びてくるね」

制服を着た美少女が静かに言って、お風呂場へと消えていく。

ほどなくして脱衣所から衣ずれの音が聞こえる。

部屋には女の子特有の甘い匂いが漂っていた。

そのせいか変に緊張する。

どうしてこうなっているかだが、話は少しだけ遡る。

◇

花嫁を略奪された次の日の朝。

天気は俺の気持ちを代弁するかのように厚い雲が空に蓋をして記録的な大雨が降っていた。

「憂鬱だ」

ベッドに横たわり、ひとり呟く。

思い出したくもないのに頭には昨日のことばかりが浮かんでくる。

二人が式場を出て行ってからは散々だった。

まず、前代未聞の事態に式場は大騒ぎとなった。花嫁不在により挙式はあえなく中止となった。

『お招きしたのにもかかわらず、このような事態になってしまい大変申し訳ございませんでした』

それから来賓の方々、一人一人に謝罪して回った。

反応は様々だった。可哀想だと哀れむ人。労いの言葉をかけてくれる人。せっかく来たのになんてことだと怒る人。

略奪される側にも責任があるんじゃないかと嘲笑する声も聞こえた。

裏切られた絶望感、やるせなさや情けなさ、様々な感情が胸に込み上げた。

けれど俺はその感情を腹の底に沈め、吐きそうになるのを堪えながら、ひたすらに頭を下げ続けた。

頭を下げる度に、大理石の床に自分の顔が反射して見えるのがたまらなかった。その表情はやつれていて、酷いものだった。

次に、式場でお世話になっていたスタッフの方々にも謝罪をした。

姫乃さんがぎりぎりまで迷っていたのだが、それに根気強く付き合ってくれたプランナー。好き嫌いが多い姫乃さんの要望に応えるためにご無理を言ったのにもかかわらず快諾してくれたシェフ。ほかにも、介添人や司会者にカメラマン。

多くの人が関わって今日という日を迎えていたことを改めて実感した。

控え室に戻ると父が乗り込んできて『大勢の前で恥をかいた、どうしてくれる！　最後まで役に立たないやつだったな！』と怒鳴られたうえに『お前はやはり一ノ瀬家の人間ではない』と勘当された。

続けざまに『今日付けでお前はクビだ』と宣言して、扉が壊れるくらいに強く閉めて出ていった。

呆然と座っていると、藤咲夫妻が入ってきて謝罪された。

『娘が本当に申し訳ないことをした』と夫妻にそろって土下座されてしまった。

これまで式にかかった費用や公衆の面前で受けた精神的苦痛による慰謝料などを支払うと告げられた。

お二人はなにも悪くないのだから謝罪をやめてもらうよう伝え、お金も受け取らないと言ったが、

『お金でどうにかなるわけではないのは分かっている。君へのせめてもの償いだ、どうか

受け取ってもらえないだろうか』
そう懇願されてしまったので、場を収めるためにも受け取ることを承諾した。
まだまだ事後処理は残されていた。二次会のために押さえていた店へのキャンセル連絡。引き出物の処分。ご祝儀の返却作業などなど。

全部ひとりで処理した。

作業に没頭することで現実逃避したかった。

タキシードを着て謝る姿はとても滑稽に映っただろう。

全ての作業を終えて帰宅したときにはとっくに日付が変わっていた。

疲れ切っているはずなのに俺はどうにも寝付けず、こうして朝を迎えてしまった。


「これからなにをして生きていけばいいのだろう」


目を閉じて暗闇の中考える。

『今まで苦労かけてごめんね、これからは新の好きなことを好きなようにすればいいんだよ。だから幸せになってね……』

突如、脳裏に母の言葉が浮かぶ。

「好きなことを好きなように、か」

お金ならある程度まとまった額がある。仕事に追われて時間がなく、おまけに趣味がないせいでこれまで使うことなく貯金していた。

投資もしていたので、その利回りだけで必死に働かなくても生活ができるほどだった。

つつましい生活を送るという大前提ではあるが。

「ひとりでひっそりと、ただ平穏に暮らすというのもいいな」

その中で好きなことや趣味を見つけて気楽に過ごすのも悪くない、これまでできなかったことをやって青春を取り戻すというのもありだろう。

漠然とではあるが今後の人生の方針が固まってきた、そのとき。


――ピンポーン。


インターホンの音が家に響いた。

「こんな朝早くに誰だ？」

ベッドから起き上がり、ドアホンの映像を見るとそこには制服を着た黒髪のロングの美少女が映っていた。

インナーカラーの赤がちらちらと顔を覗(のぞ)かせて、髪を掛けている耳には昨日とは違い無数のシルバーピアスが輝き、首には黒のレザーのチョーカー。

『お義兄(にい)さん、おはよ』

スピーカー越しでも鈴を転がしたような澄んだ声だった。

俺をお義兄さんと呼ぶ人物はひとりしかいない。

「おはよう、寧々ちゃん。朝からどうしたんだ？」

『あのね。お母さんがお義兄さんにお弁当持って行って欲しいっていうから学校行く前に持ってきたの』

なに、お義母さんが？

あの人は温和でとても優しいから俺を心配してお弁当を作ってくれたのだろうか。負い目を感じて行動させてしまったようで申し訳ない。

だけどもう藤咲家にとって俺は他人だ、関わることは避けた方がいい。すでにご両親からは謝罪を受けた。これ以上はもうなにも受け取らない方が健全だろう。

だから、ここは断るべきだ。

「すまない、ありがたいんだが――」

『ねえ、シャワー貸して？』

「……シャワー？」

『うん、お弁当持ってくるのに雨でびしょ濡れになっちゃったから。お願い』

よく見るとドアホンの映像越しに制服のシャツが体に張り付いているのが分かる。

「でも、いや、それは……」

『……寧々、風邪ひいちゃうかも』

逡巡していると、くちゅんと、可愛いくしゃみが聞こえた。

この大雨のなか、お義母さんのお願いでわざわざ来たくもないのにおっさんの家までお弁当を届けにきてくれたのだ。

そのせいで寧々ちゃんが風邪を引くのはかわいそうだ。

俺は渋々だが家にあげることにした。

わざわざ来てくれたそのお礼や、雨に濡れて風邪を引いてしまわないようするためなどもあるが、お義母さんの好意を無下にすることが俺にはできなかった。

「お邪魔します。お義兄さんみて、めっちゃ濡れちゃった」

玄関に入るなり、寧々ちゃんは自分が濡れていることをアピールするかのように手を広げて見せてくる。

体の曲線を描くようにぴったり張り付いた制服のシャツから黒いブラが透けているのに気づいた俺は思わず顔をそらす。

「わ、わかったから。早くシャワー浴びて学校に行くんだ」

そんな格好を見られるのは恥ずかしくないのだろうか？

いや、十八歳からすれば二十七歳の俺のことなんて男として見ていないのかもしれない。

「ほら、靴下までぐっしょりだよ」

いつのまにか靴下を脱いでいて短いスカートからはすらっとした白く綺麗な足が伸びていた。

「どうして靴下を脱いでいるんだ」

「だって足が濡れたままじゃ部屋にあがれないよね」

たしかにそうだ。彼女はなにも悪いことはしていない。

寧々ちゃんは玄関の上がり框に腰掛け、カバンからハンカチを取りだして足を拭いてから家へ上がった。

「お風呂場はあっちだ。タオルは置いてあるから好きに使っていい。服が乾くまでの着替えはこれを貸す」

俺は寧々ちゃんがエントランスから家に来るまでに着替えを用意しておいた。

着替えを渡しに脱衣所に行ったら、裸の寧々ちゃんとご対面なんてのは万が一でも避けなければならないからな。

寧々ちゃんは俺の差し出したスウェットをじっと見て固まっていた。

「俺の部屋着だから嫌だと思うが、制服が乾く少しの間だけ我慢してくれ」

「うん……我慢する。ありがと」

こくんと頷き、恐る恐る伸ばされた手で受け取る。

年頃の女の子がおっさんが着てた服を着るなんて嫌だよな。

まあ仕方がないことだが、そんな反応されるのは少しショックだ。

「あ、これお弁当」

寧々ちゃんはハッと我に返ったかのように学生カバンからかわいらしいキャラクターが

プリントされた二段弁当を取り出した。

お義母さんのセンス若くないか？

まあ、あの人は二十代でも通用するような見た目をしていたが。センスまで若いとは。

「ありがとう」

「じゃあ、シャワー浴びてくるね」

ということで今に至る。

残された俺は受け取ったお弁当をテーブルの上に置き、椅子に座って腕組みする。

今日はありがたく頂戴（ちょうだい）するとして、お義母さんには今後は必要ないと寧々ちゃん伝（づ）てに言ってもらおう。うん、そうしよう。

それにこのお弁当箱、返さないといけないよな。

明日（あした）以降に洗って返すという手もあるが下手に関係が続くのは避けねば。

「だったらいま食べる必要がある、か」

昨日からなにも食べていないし、ちょうど腹をすかせていた。

「では、いただきます」

お弁当を開けると、一段目には肉じゃが、塩じゃけ、小ネギ入りのだし巻きたまごなどといったおかず。二段目には赤紫蘇（あかじそ）のふりかけられたご飯と俺の好きなものばかりだった。

俺は真っ先に大好物である肉じゃがを口へと運んだ。

「……美味（おい）しい」

以前、姫乃さんが初デートで作ってくれたお弁当に入っていたときもとても美味しいと思ったのだが、それ以上の感動を受ける。

なるほど。あの味はお義母さんの味を受け継いでいたということか。

ほかのどれを食べても繊細で美味しくて、とても丁寧に作られているのが分かった。胸があったかくなるような優しい味に箸が止まることはなかった。

そろそろお弁当を食べ終わろうとしていたとき。

「お義兄さんシャワーありがと。え、どうしたの⁉」

シャワーを浴びおえて俺の部屋着に着替えた寧々ちゃんが出てくるや否や、普段は出さないような大きな声をあげた。

「え？」

「どうしたの、ってお弁当を食べ終えるところかな」

「それはみれば分かるよ。私がききたいのはどうして泣いてるのってこと」

言われて初めて自分が涙を流していることに気づく。

「ごめんね。美味しくなかった？　なにか変なもの入ってた？」

「いや、違うんだ。むしろ美味しすぎて……」

自分の頬を拭いながら、続ける。

「人の温もりが感じられるご飯を食べたのが久々だったからかもしれない」

変なところ見せてしまってごめん、と俺は笑いながら謝った。

場を和ませようとしたのだが寧々ちゃんは俺を見つめ、

「無理に笑わなくていいんだよ」

酷く辛そうな顔でそう言った。

ああ、年下に気を遣わせてしまったか、と俺は情けない気持ちになる。

「そうだ。制服だが、浴室乾燥機があるからそこで乾かそう。それかビニール袋に入れてドライヤーをつけようか。早く乾かさないと学校に間に合わなくなるよな」

誤魔化すために強引に話題を変えて立ち上がった途端、視界がぐにゃりと歪む。すぐさま体に強い衝撃が走った。

「え、お義兄さん!?　お義兄さん!!」

寧々ちゃんが焦りながら駆け寄ってくるのがなんとなく分かる。

その声と慌ただしい足音を最後に、俺の意識は途切れた。

◇

『新はいい子だね』

『お母さんほんと？』

『うん、本当だよ』

頭を柔らかく撫でられる。その手は温かくて、とても心地よい。

体が浮くようなふわふわとした幸せな気持ちになる。

『僕いらない子じゃないの？』

母の顔に一瞬、複雑そうな表情が浮かんだがすぐに消え、慈しむような笑顔とともに抱きしめられる。

『いらない子なんかじゃない。新は私の自慢の息子だからね』

『嬉しい！　僕もっと、もっといい子になる！』

これは子どもの頃の嬉しかった思い出。

でも、母はもういない。

夢からは覚めないといけない。

――新さん、よしよし。いい子いい子。

「うぅ……、んん？」

まぶたをゆっくりと開ける。

まだ視界がもやがかかったようにはっきりとはしていないが、どうやら夢から覚めたみたいだ。

「みっっ！」

ガタンと大きな音がした。

「なんだ！　なにが起こった⁉」

ガバッと体を起こして辺りを見回す。

徐々にクリアになってきた視界に、俺の服を着ている寧々ちゃんがハイテーブルの下で頭を押さえているのが映った。

「いたた……」

どうして寧々ちゃんがここに？

どうして俺の服を着て？

「……まだ夢か？」

俺は確かめるように顔を近づける。

大きくて綺麗な赤い瞳、薄く上品な唇。近くで見ても粗ひとつない玉のような肌。

相手の頬に手を添えると少しひんやりとしている。つまむとぷにぷにとして柔らかい。

やけにリアルな夢だな。

「お義兄さん、おはよ」

「うん、おはよう」

はて、つい最近同じことを言われたような。思い出そうと頭を働かす。

ええと、昨日俺は花嫁略奪されて、散々な目にあって、寝付けないまま朝を迎えて、寧々ちゃんが家に来て、それから――

「……お義兄さん？」

そう考えていると、触れている手の温度がこころなしか上がっていることに気づく。

あ。これは夢ではなく現実？

「ごめん！」

自分がなにをしているのか理解した俺は慌てて手を離し、立ち上がって寧々ちゃんから距離をとる。

「大丈夫、安心して？　寝ぼけてただけって分かってるから」

「いや本当に悪いことをした。申し訳ない」

なんてことをやってしまったんだ。

寧々ちゃんが許してくれたから良かったものの、おっさんが女子高生を触るなんて一歩間違えたら犯罪だ。

「それよりもお義兄さん、さっきのこと覚えてる？」

寧々ちゃんが不安気に俺の顔を覗き込んでくる。

「さっきのこと？」

目覚める前のことだろうか。

「お弁当を食べて、制服をどう乾かそうかと立ち上がったところまでは覚えている」

「ふ、ふうん。そこまでは覚えてたんだね」

寧々ちゃんはどこかホッとしている様子だった。

俺の記憶に混乱がないか心配してくれているのだろう、優しい子だ。

今一度、状況確認のためにあたりを見回すと掛け布団が足元にあった。

俺の視線に気づいた寧々ちゃんが説明してくれる。

「お義兄さんおっきくて運べなかったから、寝室から持ってきたの。勝手にごめんね」

「それは気にしないでいい。用意してくれただけで有り難い」

と、いうことは――

「俺は眠ってしまったのか？」

「うん、そういうこと。急に倒れたときはびっくりしたよ」

でもすぐに寝息をたててたから安心したけど、と寧々ちゃんは聖母のような柔らかい笑みを浮かべた。

その大人びた表情に俺はつい見惚れそうになるが、そんな場合じゃない。

「いま何時だ⁉」

枕がないのに首が痛くないということはそんなに眠ってはいないはず。

「ん、昼の十二時だけど」

床で長時間寝たら首が痛くなるというのは会社で徹夜した時に経験済みなので、体感で予想していたのだが外れてしまった。

起きる直前まで柔らかい物の上に乗っていた感触が朧げながらあった気がするがどうやら勘違いのようだった。

「その、学校は……？」

「お義兄さんを放っておけるわけないじゃん」

なに言ってるの？　と言いたげな顔で、さも当然のように寧々ちゃんはいう。

「そう、だよな……本当にごめん。俺のせいで」

「大丈夫。寧々わるい子だから。学校サボっちゃっても誰もなにも言わないよ」

それはそれでどうなんだ、フォローになってないように思うが。

しかし、さっきの発言で気になることがひとつある。

「いや、寧々ちゃんは悪い子なんかじゃないだろ。お義母さんのお使いを引き受けてここまで来てくれて、俺が起きるまで面倒を見てくれたんだから。寧々ちゃんはいい子だ」

「ん……」

寧々ちゃんは口元をきゅっと締め、じっとこちらを見つめる。

眉根を寄せてむむっとしているが、もしかして怒らせてしまったか？

高校生相手にいい子はまずかったかな。子ども扱いされたと思われてもおかしくない。

「急に変なことを言ってごめん」

「え、なんで謝るの？」

「いい子だなんて子ども扱いしたから怒らせてしまったのかと……」

「もう、気にしすぎ。てかお義兄さんさっきから謝ってばっかだね」

ふふ、と口元に手を添えて楽しそうに寧々ちゃんは笑う。

どこかおかしいことがあっただろうか、と考えても分からない。年頃の子というのは難しい。

寧々ちゃんはひとしきり笑ったあとに、テーブルの席について真面目な顔をして向き直る。とんとん、とテーブルの向かいを手でたたくので、俺はそれに促されるように席についた。

あれ、俺の方が子ども扱いされてないか？　気のせいだろうか……。

俺がそんなことを考えていたのも束の間、寧々ちゃんが口を開く。

「もしかしてだけど、あれから一睡もしてなかったの？」

「え。ま、まあ……」

「あんなことがあったばかりだから当然だよね……ごめんなさい」

「顔を上げてくれないか、寧々ちゃんが謝ることじゃないさ」

「ううん、家族の誰かが悪いことをしたら身内が謝るのは当然だよ」

そうなのか。あいにく俺は家族というものには縁遠いからその感覚がいまいち分からない。

あの家では自分のしたことは全部自己責任だったから。

「でも、どうして急に寝ちゃったんだろうね」

恐らくだが、と前置きを置いて俺は話す。

「度重なる連勤と残業、その合間を縫って式の準備。ようやく……ってときにああなってしまって、ずっと心が休まってない状況だったんだ」

寧々ちゃんはなにも言わず聞いている。ときおり頷いてくれるのが心地良い。

「そこであのお弁当を食べたら、とても美味しくて、心が温かくなって、そこで緊張の糸が切れてこれまでの疲労が一気にきて寝てしまったんだと思う」

「そうなんだ。あのお弁当がそんなに……」

「作り手の優しさが込められたような丁寧な仕事ぶりが最高だった、いままで食べたなかで一番美味しかったといっても過言ではない。だから」

――ありがとう。

「俺がとても感謝していたと、お義母さんに伝えてくれると嬉しい」

「ふ、ふうん。伝えとく」

しまった、喋りすぎたか？

さっきまでまっすぐに話を聞いてくれていた寧々ちゃんがそっぽを向いてしまった。

寧々ちゃんの様子が気になるが、話し込んでいる場合ではなかった。

「寧々ちゃん、そろそろ学校行かないと。五限からだったらまだ間に合う」

「え、今日はいいよ。お義兄さんのこと心配だし」

「俺なら大丈夫」

これ以上心配かけないように寧々ちゃんに微笑みかける。

「……わかった」

寧々ちゃんは立ち上がってお風呂場へ向かい、ほどなくして制服に着替えて出てきた。

そのままの足でテーブルにあるお弁当箱を回収し、玄関でローファーを履いた彼女はくるりと振り返る。スカートと髪がふわりと靡く。

「寧々にこんなこと言われても嬉しくないかもしれないけど。元気だしてね」

最後の、ね、とともに首を傾げる寧々ちゃん。その可憐な仕草がとても似合っていた。

「いや、嬉しいよ。ありがとう」

「良かった。じゃあ、また明日ね」

「うん、また明日」

俺は扉から出ていく華奢な背中を晴れやかな気持ちで見送った。

ん、また明日？　聞き間違いじゃないよな。

あまりにも自然に言うから俺も当たり前のように返してしまった。

まあ、あれはただの挨拶だ。社交辞令のようなもので深い意味はないだろう。

部屋に戻ってふと窓の外を眺めると、雨はあがり厚い雲間からは一筋の光が差していた。

幕間　寧々side①

公立天ヶ峰高等学校。

日本トップレベルの偏差値を誇る進学校であり、公立でありながら生徒の自主性を重んじる自由な校風でその人気は高い。

昼休みの学校は生徒たちで賑わっていた。

ベンチに座って友人やクラスメートとおしゃべりを楽しんだり、グラウンドでサッカーをして遊んだりと様々だ。

そんな彼らだったが一人の女生徒が門をくぐって姿を現した途端、空気が変わり視線が一点に注がれる。

「うわぁ、藤咲先輩だ。今日も綺麗すぎない⁉」

「何度みても小顔すぎて目を疑っちゃうわ」

「同じ女子として自信なくしちゃうなぁ。髪いっつもツヤツヤで羨ましいし、秘訣あるのかなぁ」

「あれは生まれ持ってのものでしょ。遠くからみるとめちゃくちゃ清楚系なのにインナーカラーが赤っていうのがたまらない」

「それ分かる。清楚系ギャルっていうの？　あの整った上品な顔でピアスをばちばちにつけてるギャップが尊すぎる。なんか目覚めそう」

黒髪に赤のインナーカラーが歩くたびに静かに主張し、女性にしては高めの身長、小顔で華奢なスタイル、女子の憧れを体現したような女の子が軽やかな足どりで歩いていた。

一瞬にして話題をかっさらった人物は学校の有名人である藤咲寧々だった。

サッカーをしていた男子が寧々に見惚れたせいで足をもつれさせてこけていたが寧々の知るところではないだろう。注目を浴びるのは寧々にとって日常であるから、それを気にかけることはなかった。

寧々が教室につくと室内の生徒たちの視線が集まる。そのなかで一人の女生徒が口を開いた。

「寧々、おはよー!!」

「おはよ、陽葵」

底抜けに明るく教室全体に響きわたるような大声で挨拶をしたのは、綺麗に巻かれた金髪にそれに似合う派手で整った顔立ち、短いスカートからは大胆に足が露出しており、上から三つ開けたボタンからは豊満な谷間があらわになって、もう少しで下着がみえそうになっている女の子。

まさにギャルというのに相応しい彼女は中村陽葵。

低血圧に返した寧々だったが手を小さく振っていることから仲がいいのが窺える。

「もー、遅刻するなんて美羽めっちゃ心配したんだからねー！」

駆け寄って寧々に抱きついてきたのは、ピンク髪をツインテールにして目がこぼれそうなほどに大きく可愛らしい顔立ち、黒のニーハイとスカートの間からのぞく太ももが眩しい、黒く塗られたネイルに、厚底のシューズといったスタイルの地雷系ギャル。横山美羽だった。

「心配かけてごめんね、美羽。でも暑いから離れて」

寧々は美羽の頭を押して引きはがす。

「ガーン、寧々ちが塩対応なんだけどー！」

そういいながらも楽しそうな美羽。これはいつもの二人のやりとりだ。

この三人は高校三年という学年において三大美女と呼ばれるギャルグループだった。

「やっぱ三人集まったら迫力すごいな」

「美羽ちゃんに抱きつかれてー。柔らかそー」

「俺は藤咲さんに塩対応されたいぜ、あの刺すような視線たまらん」

「いいや、中村さんだね。あの見た目でアニメ好きっていう噂だぜ」

「俺はこの三人をただひたすら見守りたい」

健全な男子高校生の間ではいつも彼女らの話題にことかかない。それぞれのファンクラブがあり派閥争いをするほどに人気だ。中立派もなかにはいるが。

「てか、寧々が遅刻するなんて初めてじゃんね？」

陽葵の問いに寧々は「そうかな？」と首を傾げる。

「そうだよー！　寧々ち、ほんとどしたの⁉」

美羽は大きな目をさらに見開き驚いた声をあげる。

「みんなにはラインで送ったよ？」

「体調不良だっけ？　うそうそ、ぜったいうそ！　だっていつも自分で料理して食事管理もばっちりでいつも健康に気を遣ってんじゃん！」

「そんな日もある」

「えー、これまで無遅刻無欠席で皆勤賞狙えるやつだったのにー」

「まあまあ、こうして元気に学校来たんだし今はそれでいいっしょ！」

食い下がる美羽だったがそこに陽葵が割ってはいった。

それによって、体調不良なのは私じゃないけど、という寧々の呟きはかき消された。

「てかもうお昼休憩おわりって、ま？　あーあ、今日は寧々のお弁当のおかず食べられなくてテンション上がんなーい」

「ほんとそれなんですけどー」

陽葵と美羽は口をとがらせてぶーぶーと文句をたれていた。

「みんなしていつも一口って言ってさらってくよね」

「美味しいんだから仕方なくない？」

「あれはマジで神」

「ふふ、ありがと」

寧々は優しく笑う。それは普段表情の乏しい寧々が気の許せる間柄だけにみせる笑顔だった。

その笑顔に男子たちが悩殺されているがこれもまた寧々の知るところではなかった。

放課後。

「それでは皆さん気をつけて帰るんですよー」

「小日向（こひなた）先生も気をつけてね」

「せ、先生は大丈夫ですよ！」

小柄な担任の先生が終礼を終えると男子に軽くいじられていて、あはは、と声が響く。

授業から解放された生徒たちで騒がしくなった教室で三人は話していた。

「ねねー、みうー、放課後どうする？　カラオケ行くっしょ？」

「ごめんね、今日はバイト」

「ごめーん陽葵ち、美羽はかれぴとデート！」

寧々と美羽の二人に断られた陽葵はショックを受けていた。

「えー、二人とも予定あり!? めちゃ歌う気分だったのに！ うーん、じゃあうちはオタクくん誘ってアニソン縛りでカラオケ行ってこよーかな」

またねー、と挨拶を交わしてそれぞれの帰路につくのだった。

「寧々おかえりなさい」

「ただいま」

アルバイトから帰ってきた寧々を母、智子(ともこ)が優しく迎える。

「寧々様」

「大丈夫だよ」

すかさず使用人が寧々のカバンを持とうとするが、それを寧々は手で制止する。

それにより使用人はすっと引き下がった。

「夜遅くまでお疲れさま。でも、アルバイトなんてしなくてもお小遣いなら出してあげるのに」

「前にも言ったけど自分でつかうお金は自分で稼ぎたいの」

「偉いわね。でも必要になったらいつでも言うのよ？」

「……ありがと」

藤咲家は日本でも有数の大会社、藤咲グループを経営している。

それにより莫大（ばくだい）な富はあるのだが、寧々はそれを我がもの顔で使うのは違うと思っていた。

「それにしても今日はいつもより早く家を出たのね。なにかあったのかしら？」

「ちょっと学校の係の仕事で早く出なくちゃいけなかったの」

「あらあら、寧々ったら係を任されていたのね。なに係かしら？」

「……生き物のお世話係？」

寧々は首を傾げながら答えた。

「あらどんな生き物なの⁉　お母さんに聞かせてちょうだい！」

生き物と聞いて智子の目が輝く。智子は大の動物好きだった。

「えっと、大きくて一見怖いんだけど実は繊細でかわいい感じ。黒い大型犬みたいな？」

寧々は大きな体をしゅんと小さくしながら謝っている一人の男のことを思い浮かべる。

「黒い大型犬って、もしかしてベルジアン・シェパード・ドッグ・グローネンダール⁉　いいなー、お母さんもお世話係したいわあ」

「お母さん犬アレルギーだから無理だよ」

智子は動物好きだが多くの動物のアレルギー持ちで家で飼うことができないでいた。

「そうなのよねー。そうだ、写真撮ってきてちょうだいよ」

「うーん、いつかね」

「寧々のいけずー」

頬をぷくっと膨らませて抗議する姿はとてもかわいらしく年齢を感じさせなかった。

はいはい、とそれを軽くあしらう寧々だった。

「じゃあ明日も早いのかしら？」

「うん、明日も同じくらいの時間に出る。お父さんは？」

「誠司さんはね、あんなことがあったからいろんなところに対応していて今日は遅くなるそうなの」

「そっか」

「姫乃の行方も分からないし、十中八九連れ去った男の子の家だと思うのだけど――」

「あの人の話はやめて」

智子の言葉を遮る寧々の言葉には強い拒絶の感情があらわれていた。

「お義兄さんにあんな酷いことをした人を私は絶対に許さないから」

言い放って寧々は歩き出す。

あの人は悪気なく人を傷つける。

人のものを欲しがって自分も同じものを持っていないと気が済まない人だった。

その昔、私の大切にしていたぬいぐるみが知らない間に奪われてぼろぼろになって返ってきたことがある。「もうそれいらないから返すね」って、貸した記憶もないのに。

それでいて悪びれもせずに別のおもちゃで遊んでいた。

気分屋で飽き性なあの人が私は嫌いだ。

◆

キングサイズの天蓋付きのベッドで、寝る支度を終えた寧々は新から借りて返すことを忘れていた服に顔をうずめながら足をぱたぱたさせて悶えていた。

あーあ、服を受け取ったときに喜ぶのを我慢するの大変だった。

ほんとはこうしてすぐにでも顔をうずめたかったのに。

あと、寝てる間に膝枕しながら頭なでなでしてたのバレてないよね？

覚えているのは倒れるまでっぽかったし……、大丈夫だよね？

寧々は顔をあげて、自分の火照った頰に指先でそっと触れる。

寝ぼけてほっぺつままれちゃってとってもドキドキした。

男の人の手があんなに大きくてがっしりしてるんだって初めて知ったよ。

身長が高くて端整な顔立ちだから冷酷と勘違いされることも多いけど、人一倍気を遣う小心者だったりして。

年下の私にも対等で、顔色を窺うように謝られたときは大型犬がしょんぼりしてるみたいで可愛くて、抱きしめたくなっちゃった。

それにしても、男性の部屋ってあんなに物が少ないものなのかな？
必要最低限でシンプルと言えば聞こえはいいけどとても寂しい部屋に感じた。
まるでいつ自分がいなくなっても良いような……。
寧々は頭をふるふると振って思い浮かんだ考えを追いやる。
そして、寧々は新から借りたスウェットをぎゅっと抱きしめ、甘い声で囁く。
「新さん、新さん、新さん。今度は寧々の番だから。また明日も慰めてあげるね？」

2章 Chapter 2

Hanayome wo ryakudatsu sareta oreha tada heion ni kurashitai

朝、鏡の前でネクタイを締める。

「あの人にはクビだと言われたけど、解雇通知書を受けたわけではないから無効だよな」

あの人とは俺の父のことだ。

結婚式当日に花嫁が略奪されたことで恥をかいたと激怒したあの人に、控室で怒鳴られたあげくクビを宣言されたことを思い出す。

俺は父の会社、一ノ瀬(いちのせ)商事のシステム開発部に勤めていた。

一ノ瀬商事は日本の八大商社の一つに数えられるほどに大きな会社だ。しかし、五本の指に入るほどではなかった。

あの人はそれをよく思っておらず、自社をもっと大きくしたいという野望を持っていた。

俺の元婚約者である姫乃(ひめの)さんの父親の会社、藤咲(ふじさき)グループは一ノ瀬商事を遥(はる)かに上回る大会社だ。そして、藤咲グループは会社を継ぐ男を探していた。

そこに俺という要らない人間を押し付けることで強固な関係をもてるなら、あの人からすれば願ったり叶(かな)ったりだったろう。

俺と姫乃さんの結婚はいわば政略結婚だったというわけだ。

実際、結婚式までの婚約してからの期間も藤咲グループ関連で仕事を頂くことが増えていた。

結婚してこの先、藤咲グループを継ぐことになった俺を裏で言いなりにして自分の会社をより大きくするという魂胆もあったのだろう。

だがその野望は打ち砕かれた。

その理由はいうまでもなく、俺と姫乃さんの結婚が破談になったからである。

藤咲グループと一ノ瀬商事という大会社の娘と息子の結婚式ということで各企業の重役たちも祝いに駆けつけていた。

そこであんなことになったものだから誰よりも体裁を気にするあの人が激怒するのは予想の範囲内だ。

仮にも息子である俺に労いの言葉をかけることなく、「略奪される側にも責任があるんじゃないか」と言っていたのはさすがに予想外だったが。

「あの人は俺を息子ではなくて、最後まで都合のいい駒かなにかだと思ってたんだろうな」

準備の合間にコーヒーマシンにセットしていたカップを手に取り、テーブルへと運ぶ。

「まあ、俺もあの人を父親として見ていなかったが」

椅子へと腰かけ、コーヒーを一口すすってからひとり呟いた。

連勤や残業、休日出勤があたり前になっている俺は体を目覚めさせるべくコーヒーを飲み、カフェインを摂取するのが日課になっていた。

「それよりも仕事だ。何日か休みをもらっていたがみんな大丈夫かな」

俺は結婚式のために慶弔休暇をもらっていた。結婚式の次の日も休みにしていたおかげで助かった。

体育会系のあの人は営業が全てで、システム開発部の俺たちのことを指示すれば勝手につくり出す機械だと考えている。

トップのそんな考えと近年になって立ち上がった部署であることから、システム開発部は会社内で軽んじられる傾向にあった。無茶な仕様やスケジュール、少ない人員や予算により運営されているこの部署はいつもギリギリだった。

その状況を打破するべく、とあるシステム開発に着手しそれがようやく完成間近で軌道に乗りかけていた。そこにきて俺の急なクビ宣告。

もし本当にクビになるならせめて引き継ぎをしなくてはいけない。

あの人やあの人の会社になんら思い入れはないが部署のみんなには愛着がある、迷惑をかけたくはない。

そんなことを考えながら、もう一口コーヒーを飲もうとしたそのとき。

――ピンポーン。

インターホンの音が家に響いた。

「こんな朝早くに誰だ？」

ん？　この言葉、昨日も言った気がするな。

胸にひっかかりを覚えながらイスから立ち上がりドアホンの映像を見る。

そこには見覚えのある美少女が映っていた。今日も赤のインナーカラーが黒髪に映えていて、首の黒チョーカーにはゆとりあって彼女がとても細く華奢であることを示していた。

昨日と変わったところでいうとニットベストにリボンをつけているところだろうか。

『お義兄さん、おはよ』

昨日と変わらない様子で寧々ちゃんは淡々と挨拶をする。

「寧々ちゃん、今日はどうしたんだ？」

『お弁当持ってきた』

寧々ちゃんはカメラに映るようにキャラクターが描かれているお弁当を掲げた。

「え、今日も？」

『うん、お母さんが褒めてもらって嬉しかったからってまた作ってた』

なるほど、俺が感謝を伝えたことが裏目に出てしまったということか。

それをまた寧々ちゃんが持ってこさせられたのか、寧々ちゃんには悪いことをしたな。

「わざわざありがとう」

受け取らないわけにはいかないよな。

しかし、寧々ちゃんにここまで持ってこさせるのも忍びない。

「受け取りに行くからそこで待っ――」

『お義兄さん』

少し食い気味に寧々ちゃんから呼ばれる。いや、これはドアホンのラグのせいだろう。寧々ちゃんが話を遮ることなどしないはずだ。

「ん？」

『お弁当とはべつに、あるものを返しにきたの』

寧々ちゃんはお弁当をしまい、見覚えのあるものを手にした。それは昨日俺が寧々ちゃんに貸した着替えのスウェットだった。

そういえば、昨日返してもらっていないことに気づかなかったな。あのとき律儀に持って帰って洗ってから返しにきてくれたのか。優しい子だな。

『借りたのは私だから、私が持って行くね？』

「いや、それは……」

悪い、と言おうとしたのだが、眉尻(まゆじり)をさげて申し訳なさそうにしている寧々ちゃんの顔を見て俺は考える。

ここで俺が取りにいけば、恩着せがましくなってしまうのではないだろうか。優しい寧々ちゃんのことだからその恩を返そうと思ってしまうかもしれない。

ここは素直に相手の要求を飲み込もう。

「おじゃまします」

玄関先で受け取るだけにしようと思っていたのだが、寧々ちゃんに「お弁当、今から食べられる？」と聞かれた。

なんでも、お義母さんから俺の食べている様子を見て、それを教えて欲しいとお願いされたそうだ。

作った側からすれば「美味しかった」のひとことよりもそのほうが嬉しいのかもしれない。

お義母さんのお願いを叶えるべく、寧々ちゃんを家に上げることになった。

食べるところを寧々ちゃんに見られるのは恥ずかしいが、朝ごはんとして頂くことで今日中にお弁当箱を返せるしちょうどいい。

昨日はいろいろあって言い忘れたが、お弁当を作ってもらうのはやめてもらうように伝えよう。

ありがたいが、またお義母さんに作ってもらうのも、それを寧々ちゃんに持ってきてもらうのも申し訳ない。

だって俺と藤咲家はただの他人なのだから。

「先にこれ返すね、ありがとう」

寧々ちゃんからスウェットを受け取ると、ふわっと甘く優しい匂いが漂う。

柔軟剤なんだろうか、俺が使っているのとは香りが全然違う。目覚めたときに嗅いだ匂いもたしかこんな感じだったような？

そんなことを考えながらスウェットをしまいに自室のクローゼットへと向かう。

それから少し早足でリビングに戻り、テーブルにつく。

早足になったのはあのお弁当を食べたいと思ってしまっている自分がいるからだろう。

作ってもらうのをやめてもらおうとしているのにもかかわらず、お弁当を楽しもうとしている自分に呆れてしまう。

しかし、それくらいに昨日食べたお弁当の味は俺の味覚を刺激し、心を満たしてくれたのだ。

そして、手を合わせて目の前のお弁当に感謝する。

「いただきます」

二段弁当を開けると、一段目には鶏つくね、さばの竜田揚げ、ひじきの煮物などといったおかず。二段目には白米が敷き詰められてその真ん中には梅干し、周りには黒ごまがまぶされていた。

「今日のもとても美味しそうだ」

昨日の記憶がよみがって思わず唾液があふれる。

それでは鶏つくねから。小さい串にささっているのがそれらしくて気分が上がる。

マナーもあるが、こういうのは串にささったまま食べるのが粋だろう。

「ふわふわの食感に肉の旨味がぎゅっと詰まってて、甘辛いタレとマッチして美味しい。それにこの小ネギと白ごまが良いアクセントになっている」

それから白米をかき込む。

「この味付け、白米が進むな。本当に美味しい」

「卵黄つけたらもっと美味しくなるよ」

「つくねに卵黄は最高の組み合わせだもんな」

俺は卵黄を絡めたてりてりと輝くつくねを想像する。甘辛いタレに卵黄のまろやかさが加わるなんて、考えただけで美味しそうだ。

「お弁当だから卵黄別添えは難しいけどね」

「それは残念だ」

結婚式の準備や仕事に追われていたせいで、俺の家の冷蔵庫には卵すらないため、残念ながらそれは叶わない。

「だったら、うちに食べにくればいいのに」

「え？　それはいくらなんでも厚かましすぎる。お弁当作ってもらってるだけで満足だ」

「ふうん」

そこから寧々ちゃんはなにも言わず、俺のことを見ていた。

なにやら変な感じになってしまったが気を取り直して、次はさばの竜田揚げを食べる。

「さくさくとした衣、ふっくらとしたさばにしっかりと下味がついてて美味しい」

これまた白米が進むやつだ。

「大根おろしにポン酢をかけるのも美味しいよね」

「それもありだな」

おろしポン酢でさっぱりと食べるのも美味しいだろうな。

さくさくとした衣も好きだが、くたっとなった衣もそれもまたいいものだ。

「これもお弁当だから難しいけどね」

「そうだよなあ」

お弁当にトッピングを求めても無理な話だ。

ああ、思いついたとしてもそれができないのがもどかしい。

「だったら、うちに食べにくればいいよね」

卵黄の絡んだつくねや、おろしポン酢のかかった竜田揚げはとても魅力的だ。

だが、どこの世界にそれを求めて元婚約者の家に行くやつがいるというのか。

「いや、さすがに悪いから遠慮しておくよ」

「ふうん」

それからまたも寧々ちゃんはなにも言わず、こちらをじっと見ていた。

しばらくしてなにかを思いついたようにハッとした表情をする。

「お義兄(にい)さん、写真撮っていい？」

「え？　写真？」

「うん、お母さんが写真撮ってきてって言ってたんだよね」

寧々ちゃんが俺の食べてる様子を見てるだけでも恥ずかしいのに、写真だと？

「いや、それは――」

「寧々、怒られちゃうかも……」

「撮っていいぞ」

断ろうとしたのだが、決意は呆気(あっけ)なく揺らいでしまった。

こんな美少女にしゅんとした表情をされて断れる男がいるのだろうか。

写真の一枚や二枚でこの顔が晴れるなら安いものだ。

「ところで寧々ちゃんこれはどういうことだ？」

「ん？　写真撮ろうとしてるんだけど？」

「こんなにくっつく必要あるのか」

「なに言ってるの。自撮りなんだから当たり前だよ」

寧々ちゃんと俺は肩と肩が触れそうになるほどの距離にいた。

返してもらったスウェットと同じ、甘く優しい匂いがする。寧々ちゃんの黒と赤の綺麗(きれい)な髪が俺の肩にさらりとかかる。

あれ、てっきり俺の食べてるところのピンの写真を撮ると思ってたんだが寧々ちゃんを交えたツーショットなんて聞いてないな。

「じゃあ撮るね」

「あ、うん」

　とても自然に写真を撮るものだから抵抗することなくあっという間だった。

　写真なんて撮りなれてないから自分がどんな顔をしているか分からない。俺の顔に価値なんてないから気にする必要はないのだが、一応訊く。

「変な顔してないよな？」

「変……」

　寧々ちゃんはスマホを見ながらポツリと声を落とす。

　やっぱりか。

「だったら消して撮り直そう」

「ううん、消さない」

　どうしてだ。まあ、俺の顔が変だからってもう一度写真を撮るのは面倒か。

　そんなことがありながらもお弁当を食べ終えるのだった。

「ごちそうさまでした」

「おそまつさまでした」

　寧々ちゃんが満足そうな表情を浮かべていた。

　こいつやっと食べ終わったって思ってるんだろうな、お義母さんからのお願いでおっさんが食べているところを見なくてはいけないのだから当然だ。

「お義兄さん今日はどうだった？」

「もちろん美味しかったよ。それに昨日はあれからまた寝てしまって朝までなにも食べてなかったから助かった」

「……あれからなにも？」

信じられないといわんばかりに目を見張る寧々ちゃんだった。

「うーん、でも大丈夫。仕事が忙しくて一日食べてないことなんてしょっちゅうだからさ」

「それ全然大丈夫じゃないんだけど」

寧々ちゃんはむむっと眉間にしわを寄せた。

社会人なのに食事管理もできてないと思われてるんだろうか。それはごもっともではあるからなにも言えない。

「そうだ。お義母さんにもうお弁当は作らなくていいって言って欲しいんだけどお願いできるかな？」

「え、なんで。迷惑だった？」

「迷惑というか、お義母さんに俺の弁当を作ってもらうのが申し訳ないんだ」

「そっか。でもさっきの話をお母さんが聞いて作らなくなると思う？」

一日食べてないことが頻繁にあるなんて普通の人が聞けば心配するだろう。ましてやあの柔和な人のことだ、答えは簡単だった。

「思わない、な。だから黙っててくれると嬉しい」

「だめ。寧々、お義兄さんの様子を報告しないといけないから」

口元をきゅっと結んで、なにかを決意したかのように寧々ちゃんは答える。

「一日食べてないのにコーヒーだけで済まそうとしてたことも、ね」

やってしまった。

「ええと、これは社会人のガソリンというか、眠気覚ましにもってこいなんだ」

「へー、……寧々も飲んでいい？」

眠気覚ましということに興味を示したのだろうか。もしかしたら寧々ちゃんは俺にお弁当を渡すために朝早くから来てくれているから眠いのかもしれない。

このままではいろいろと責められそうだから話に乗ることにした。

「ああ、いいぞ。今から用意する」

「大丈夫、一杯ぜんぶも飲めないから。それでいいよ」

それといって寧々ちゃんが指さしたのは、俺が先ほどまで飲んでいた今ではすっかり冷めてしまっているコーヒーだった。

「さっきまで俺が飲んでたやつだが、これで良いのか？」

「なにがだめなの？」

なにが、と聞かれれば年頃の女の子がこんなおっさんの飲んだカップで良いのかということに他ならない。

しかし、きょとんとした視線を向けられると、変に意識している方が気持ち悪いよなと思える。

「いや、寧々ちゃんがそれで良いなら問題ない」

「ありがと」

そして寧々ちゃんはカバンからティッシュを取り出して唇にくわえる。

「ごめんなさい、見せるのはマナー良くないんだけど」

リップの色がカップに移らないようにしてくれたんだろうか、普段あまり見ることのない女性の仕草にどきっとする。

それから寧々ちゃんはカップに手をかけて一口すすった。

「……たしかに目が覚めるね」

ひとこと言ったあと、にが、と寧々ちゃんは舌を小さく出す。その様子が子どもっぽくて微笑ましい。

苦さで目が覚めるわけじゃないんだが。子どもにとってブラックコーヒーは美味しいものではないのだろう。

「じゃあ私、行かなくちゃ」

寧々ちゃんの声につられ、時計に目をやるとそろそろいい時間だった。

「俺もだ」

立ち上がってお弁当箱とカップを洗ってから、ジャケットを羽織りカバンを持って家を出た。

途中、私が洗う、と寧々ちゃんから申し出があったがそれは丁重に断った。

それからマンションのエントランスを出たところに二人で立っていた。

「寧々ちゃん今日もありがとう。お義母さんにもお礼を言っておいて欲しい」

「うん、わかった」

「じゃあ俺こっちだから」

寧々ちゃんとは反対方向の道を行こうとしたそのとき。

「お義兄さん」

「ん？」

「行ってらっしゃい」

朝日が寧々ちゃんを照らして、笑顔がきらきらと輝いていた。なんだか良いものを見られた気がする。

毎朝、忌々しいと思っていた太陽に感謝する日が来るとは。

「ああ、行ってきます」

その笑顔が眩しくて俺は目を逸らして行こうとしたが、呼び止められる。

「お義兄さん。言い忘れてたけど、スーツ似合っててかっこいいね」

「……ありがとう」

お返しになにか言おうとしたが「制服似合ってるね」はさすがに変態だと思ったので、

「寧々ちゃんも、行ってらっしゃい」

こんな普通の言葉を返すことしかできなかった。

「行ってきます」

そう言いつつも寧々ちゃんはその場を離れない。

このままじっとしているわけにもいかないので俺は歩みを進める。

曲がり角を曲がるときに少し気になって振り返ると、寧々ちゃんはまだその場所にいてこちらを見ていた。

俺が振り返ったのに気づいて、にこっとはにかんで小さく手を振っていたのが印象的だった。

「あんなことになるとは……」

次の日の朝。

俺はソファに寝そべりスウェット姿でだらりと過ごしていた。

本来なら出社の用意をしている時間なのだが、今日からその必要がなくなった。

実は、昨日の時点でそうなっていた。

昨日、寧々ちゃんと別れてから出社しようとしたが会社に入るなり受付で止められ、

『申し訳ございません、一ノ瀬さん。あなたをお通しすることはできかねます』

と、顔なじみの受付の女性に悲痛な面持ちでそう対応された。

話を聞けば俺は解雇されているので、部外者が入ることは許されないらしい。手続きもすでに済んでおりこれから書類関係を俺の自宅へ送付する予定だという。

まだ手元にあるとのことだったので俺はそれを受け取った。

書類を見ながらぼんやりと考える。たとえ俺が訴えたところで揉み消されるのだろう。根回しも当然しているはず、あの人はそういう人だ。

こういうときだけ動き出しが早いのには舌を巻くしかなかった。

ならどうしてあのとき……と思考が沈みそうになるのを抑える。

ひとまず、事実として俺は職を失った。

『本当にクビになるとはな』

呟いて顔をあげると気づけば俺の両脇に警備員が立っていた。

もし俺が暴れだしたときにでもすぐに取り押さえるためだろう。

心情としては暴れたくもなった。しかし、そうしてしまえばあの人に利益しか与えない。暴れたり、ましてや警備員を撥ね除けるなんてただの犯罪行為でしかないので捕まるのがオチだ。

この調子ではいつ不法侵入と言われてしまうかも分からないので俺はこの場をあとにした。

去り際の、申し訳ございません、という受付の女性の声が耳に残った。

それからは慌ただしかった。

家に帰ってから俺は部署内のメンバーに連絡を取り、ある程度の引き継ぎを終えた。ある程度というのは社内のパソコンを持ち帰ってはならないという規定があり、手元にパソコンがなく、自前のパソコンで覚えている限り対応したため完璧にはできなかったからだ。

もとより完璧な引き継ぎなんてものはないが、社用パソコンがあればもっとスムーズだっただろう。

このご時世でリモートワークも許されないルールには何度も声をあげたが、仕事とは顔を合わせてするものだ、という前時代の意見により却下された。

連絡をしたときの同僚や後輩の反応は俺の思っていたよりも穏やかなものだった。会社への憤りこそあれど俺に掛けられるのは労りの言葉ばかりだった。

『センパイがとても頑張ってたのは私が一番知っています。正直やっていけるか分かりませんが、もう少しであのシステムも完成します。そうすれば大幅に改善されるでしょう。だから私たちに任せてセンパイはゆっくりしてください』

連絡をした後輩からすぐに電話が掛かってきて励まされてしまったのは我ながら情けないと思った。

式に出席してくれていたからある程度の事情を察したのだろう。

ありがとう、と感謝の言葉を伝え、『落ち着いたらごはんにでも行こう』と誘った。

『え！　センパイと二人っきりでですか？』

二人っきりの部分に強いアクセントがあったので俺は『心配するな、同僚も一緒だ』と付け加えた。

危ない、勘違いをされてセクハラ上司になるところだった。もう上司ではないが。

『……分かりました』

そう返事があったあとすぐに電話を切られた。

これから忙しくなるのだから一分一秒を惜しむのも無理はない。

解雇にはなったが解雇予告手当は出るようだ。微々たるものだが手切金のようなものだろう。まあ、溜まっていた有給は買い取っては貰えてなかったが。

失業手当も手続きをすれば出るだろうし、もとよりお金にはそこまで困っていない。贅沢をする気もないしな。

しかし、急にできたこの時間をどうしようかと頭を悩ます。

ゆっくりしてくださいと言われたが、ゆっくりするというのは作業スピードを遅くして生活をすることではない、ということは分かっている。

前に「ひとりでひっそりと、ただ平穏に暮らすというのもいいな」と漠然と考えていたが、いざ、こうなるとなにから手をつけていいか分からない。

ようやく思いついたことがあれだったのだが。

俺は昨日の夜のことを思い出し、キッチンを見ながら、もう一度呟く。

「あんなことになるとは……」


——ピンポーン。

この時間の来客はもしかして。

ドアホンの映像を覗くと、そこには寧々ちゃんが立っていた。

『お義兄さん、おはよ』

「うん、お弁当」

間違った、お弁当はいつから挨拶になったんだ。

こほん、と咳払いをして言い直す。

「うん、おはよう」

『はい、お待ちかねのお弁当だよ』

お弁当を掲げながら寧々ちゃんはこころなしか笑っているように見えた。

絶対に言い間違えたのを聞かれたよな。

「お邪魔します。あれ、お義兄さん今日はスーツじゃないんだ」

「ああ、ちょっといろいろあってな」

家に入ってくるなり平日なのにスーツを着ていない俺を見て、寧々ちゃんは目をぱちくりと瞬かせながらきいてきた。

　やってしまった、と思ったが少しぼかした。

「……なにがあったか聞いてもいい？」

「寧々ちゃんに聞かせるような話でもないさ」

「そんなことという人にはお弁当渡さない」

　なに、お義母さんのお弁当が食べられないだと。

　いまの俺にとってはある種の生命線となっているんだが、それを断ち切られるのはいささか辛い。

　しかし、これを機にお義母さんにお弁当を作ってもらうのをやめてもらうことができ、藤咲家との関係がなくなるタイミングなのではないかとも考える。

　そう頭を巡らせていると寧々ちゃんがボソッと呟く。

「うん、お弁当」

「え？」

　さっきの言い間違いを思い出し、カッと体温があがる。

「うん、お弁当ってお義兄さん言った」

「恥ずかしいからやめてくれ」

「思わず口から出ちゃうくらい、お弁当楽しみにしてたんでしょ？」

「それは、そうだが……」

「いっちゃったほうが楽になるよ」

寧々ちゃんは含みのある笑顔を見せ、お弁当の包みをつまんで持ちながら左右にゆらゆらと振る。

なにやら取調べみたいだな。カツ丼食うかと聞かれて自供を促される犯人の気分だ。

しかし、その誘惑に俺は屈しない。

「お仕事クビになったんでしょ」

「どうしてそれを……」

言いかけて、はっ、と息を呑むが手遅れだった。

予想外のことに動揺してしまった。

「ごめんなさい。あの日お義兄さんがお義兄さんのお父さんと話しているところ聞いちゃったの」

寧々ちゃんはしゅんとしながら目を伏せた。

そして合点がいく、控え室でのあの一件を聞かれていたのかと。

「いいや、寧々ちゃんは全く悪くない。あの人の怒鳴り声はよく響くから聞こえるのも無理ないさ」

寧々ちゃんがなにかを言いかけたが俺は構わず続ける。

「そう、恥ずかしながらクビになった！　まあ辛くないことはないがちょうど良かったのかもなって頭を切り替えてる。これからいろいろと自由になったからな！」

部署のメンバーが気になるが、俺は寧々ちゃんを元気付けるために言う。

「それで時間ができたから料理できるようになろうと昨日肉じゃがを作ろうとしたんだが難しいな。煮込みすぎて鍋の底を焦がしてしまった。だからいまつけ置き洗いしてキッチンに置いてる、でももう使いものにならないかもしれない。あんなことになるとは思わなかった。料理も捨てるのは忍びなくて置いてあるんだがこれがまた酷い出来なんだ」

そう、俺は昨日料理に挑戦したが失敗したのだ。

恥ずかしいから言いたくなかったのだがこの空気を柔らげるために一役買ってもらおう。

「お義兄さんの肉じゃが……」

食べたい、と寧々ちゃんはぽつりと呟く。

「え、食べたいのか？」

自虐で笑い話に持って行こうとしたのだが思わぬ流れになった。

「うん」

「美味しくないぞ？」

「それでもいい」

せっかく雰囲気を柔らげたのにここで断ってしまうのはよくないか。

「わかった。温めるからちょっと待っててくれ」

引っ込みがつかなくなった俺は冷蔵庫にある肉じゃがを取り出してレンジで温め、テーブルに並べた。

その間に寧々ちゃんは律儀にもお弁当を広げてくれていた。

俺の目の前にはお弁当、寧々ちゃんの前には俺の作った肉じゃががある。

二人して手を合わせ声を揃(そろ)えていう。

「「いただきます」」

そして、互いに箸(はし)を伸ばして俺はお弁当のおかずを寧々ちゃんは肉じゃがを口へと運ぶ。

「「美味しい」」

一口食べたあとで、また声が揃った。

これまで通りお義母(かあ)さんが作った料理は優しい味がして美味しい。しかし、俺の煮込みすぎて焦げた肉じゃがが美味しいだと？

横目で寧々ちゃんを見ると苦々しい表情を浮かべ、

「……くない」

と、続きの言葉をいう。

一瞬驚いたが、やっぱりな。

「そうだろ？　だから無理しなくていいからな」

「ううん……全部食べる」

そういって寧々ちゃんはゆっくりと、しかし確実に食べ進めていた。

昨日自分で作って思ったことが二つある。それは料理は難しいということ、そしてこのお弁当は美味しすぎるということだった。

「ごちそうさまでした」

俺は二段弁当、寧々ちゃんは小鉢ひとつ。それなのにもかかわらず食べ終わるのは同じだった。

「すまないな、変なものを食べさせてしまって」

「大丈夫、私が食べたいって言い出したんだから。お義兄さんは気にしないでいいよ」

「そうか……」

それにしたって申し訳ないことには変わりなかった。

寧々ちゃんは口元をハンカチで軽く押さえたあと、俺に尋ねてくる。

「お義兄さんて一人暮らし長そうだけど、あんまり料理しないの？」

「料理はあんまりだな。基本は調理のいらないものを中心に食べている。ああ、といってもインスタントとかではなく納豆や豆腐とか練り物みたいな加工が少ない食品とかにするようにしていたが……」

話している途中で寧々ちゃんの目が鋭くなるのを感じたので、なぜか言い訳をするように言葉をつらつらと並べてしまう。

学生時代は勉強にバイト、社会人になって仕事漬けと、料理に時間を割くのは惜しいと思っていた。そんな中で納豆はすぐに食べられて安くて美味(うま)いから重宝していた。

「ふうん。これから自分で料理をしようと思うのはいい心がけだね」

「それでこのざまなんだがな」

俺は昨日の肉じゃがを思い浮かべて、食べてもいないのに苦い顔をしてしまう。

突如、寧々ちゃんから予想だにしないことを提案をされる。

「じゃあ、料理教えてあげよっか？」

「え？」

俺は思わず聞き返す。

「お義兄さんに料理教えてあげる。あ、えっと、って言ってもお母さんにレシピ聞いて、それ通りに一緒に作るだけだけど……」

どうやら聞き間違いではないようだ。

料理を教えるなんて作るよりも手間だろう。なにより寧々ちゃんが俺なんかに時間を割く理由がない。

今もこうして、来たくもないおっさんの家に来ているのに、さらに余計な手間をかけることになる。

しかし、俺が料理をできるようになればお義母さんの心配は収まり、お弁当を作ってくれることもなくなるのではないか。そうすれば寧々ちゃんもお義母さんのお願いから解放されるのだろう、と思い至る。

「……お願いしてもいいか？」

俺はその提案を受け入れ、こちらからもお願いすることにした。

　そこから俺たちは予定を立てた。俺は時間が自由だし教えてもらう立場ということもあり、寧々ちゃんに合わせる形だ。

　寧々ちゃんは学校やバイトもあるということで料理を教えてもらうのは来週の土曜日に決まったのだった。

　料理を教えてもらうまでの期間も、寧々ちゃんは毎朝お弁当とともに俺の家へと訪れた。

　平日だけかと思ったが土日も関係なく友達と遊ぶ前、バイト前にお弁当を持ってきてくれた。

　それはいつも決まって朝だった。昼や夕方は忙しいらしい。花の女子高生だから当然だろう。

　一日三食のうちの一食がとても充実して俺としては大変有り難かったのだが、負担をかけているのではないかと心配になる。

　そして寧々ちゃんは時折、「どんな様子かお母さんにみせなきゃ」と俺の写真を撮っていく、なぜかいつも寧々ちゃんとのツーショットの自撮りだ。

　写真を撮られることに慣れつつある自分がいた。

　有り難いんだけどどこか困ってしまう、そんな日々が続いた。

◇

少し落ち着いた個人経営の小料理屋、その四人掛けのテーブル席に俺は腰をおろしていた。

「では、久々に集まれたことを祝して乾杯！」

目の前の軽薄そうな男は音頭とともにジョッキを掲げた。

乾杯、と俺もグラスを合わせる。

「くぅー、久々に店で飲む酒は格別だな。ほら新、お前ももっと飲め」

「やめてください鳳さん、センパイはお酒強くないんです」

隣に座る女性が男の煽りを静止する。

「大丈夫だ、北川。少しくらいなら問題ない」

「本当ですか？　苦しくなったらいってくださいね」

目の前の男は鳳恭平。俺と同い年の元同僚であり、数少ない友達で高校からの付き合いだ。

はめを外すことも多いが見た目とは裏腹に周りをよく見て気を配れるいいやつだ。

隣に座っている女性は、北川伊吹、俺の二つ下の後輩であり、直属の部下だった。

ショートヘアで知的な印象があるが時折、思ってもみないことをする。

頭がよく要領もいいため三年目にしていろいろと任せられるようになった。

俺は前に約束をしていた夜ごはんにきていた。

「ところで新、どうしてお前までスーツなんだ？　どこかで働き始めたのか？」

「いや、仕事には就いてない。ただここはいつも仕事終わりに来ていたし、二人がスーツを着ている中で俺だけ私服というのも居心地が悪そうでな」

仕事に追われていたためスーツが基本で、これといった私服が多くないというのもあるが。

これからは私服の機会も増えるのかもしれない、気をつかわないとな。

「おいおい、そんなこと気にしてたのか。やっとお前は自由なんだ、そういろいろと縛られんなよ」

ポンポンと労うように恭平に肩を叩かれる。

俺がクビになって大変なはずなのに自由だといってくれる。優しいやつだ。

「そうですよセンパイ、ゆっくりしてくださいって前にいいましたよね？」

下から覗き込んでいた北川が口を尖らせていた。

「二人ともありがとう」

二人は俺の境遇を知ってる。恭平はほぼ全てを知っているのに対して、北川はある程度ではあるが。

こうして心配をかけてしまうことに情けなさを覚えると同時に人に恵まれているなと感じる。

「仕事の方はどうだ？」

「納期が厳しかったり仕様がめちゃくちゃだったりと相変わらずですが、センパイの引き継ぎのおかげもあってなんとかやれています。じゃないとこうして飲みに来られていません」

ぐいっ、と北川は手にしているサングリアをあおる。

「新の方こそ最近どうなんだよ。あんなことがあったってのに結構元気そうじゃねえか。というか前よりも顔色よくなってね？　ちゃんと飯食ってるみたいだな」

「まあ完全に立ち直ったわけではないけど、おかげさまでゆっくりとさせてもらってるよ。というか前は顔色悪かったのか？」

ちょっとショックだ。

「気づいてなかったのかよ。最近は特にやばかったぜ。いつ倒れてもおかしくなかったな」

「そうですね。センパイは何日も平気でご飯を食べない時がありますから心配でしたが、お顔を見て安心しました」

仕事と結婚式の準備で忙しくて相当まずかったみたいだ。あとで本当に倒れてしまったが……。

あのとき寧々ちゃんがいてくれて助かったな。

「少し心配ねえ。聞いてくれよ新、伊吹ちゃんってばお前の家に押しかけ――」

「ちょっと鳳さん！」

「北川がどうかしたのか？」

倒れたときのことを思い出して話を聞きそびれてしまった。

北川を見ると珍しく顔を赤らめていた。

先ほど一気に飲んでいたからアルコールがもう回ったのかもしれない。

「いいや、やっぱなんでもない」

「なんだ、気になるな」

くっくっく、と恭平は笑って話を切った。

「セ、センパイ。この肉じゃが一口食べてから手をつけてませんね。ここのやつ好きでしたよね？　まだ本当は食欲ないんじゃないんですか……」

北川に言われて気づく。

「食欲はあるんだがな」

どうしてだろうな、と頭をひねる。

「食べないんなら俺が食べちまうぜ」

そんな俺を尻目（しりめ）に恭平がひょいと肉じゃがをつまんでいった。

「そういや、聞いたかよ。三好（みよし）さんが一時帰国するみたいだぜ」

「あの人が帰ってくるのか？　ずっと向こうにいるはずじゃ……」

「なんでも日本に急用ができたみたいでアメリカから帰ってくるんだとよ」

三好先輩が日本に急用？　一体なにがあったんだろう。

なんのことだか分かってない様子の北川が口を開く。

「あの、三好さんって誰ですか？」

「新の直属の上司だった人だよ。やたら仕事ができたからヘッドハンティングされてアメリカに行ったんだ。伊吹ちゃんとほぼ入れ替わりだったもんなー、知らないのも当然か」

「センパイの先輩ですか……」

「入ったころの新は全然仕事が出来なくてよお、よく三好さんに指導されていたよな」

「ああ、今でもアメリカに足を向けて眠った日はない」

「え、仕事できないセンパイなんて想像できないです。鳳さん、昔のセンパイの話もっと聞かせてください！」

俺が止めても恭平は話をやめなかった、北川もそれを興味津々できく。

なにがそんなに面白いのだろうか。

楽しい酒の席だ。俺が恥をかいて盛り上がるならそれもいいか。

それに明日(あした)は料理を教えてもらう日だから飲みすぎないようにしないとな。

閑話　元婚約者side①

Hanayome wo ryakudatsu sareta oreha tada heion ni kurashitai

「え、ウェディングドレス？　なにかの撮影？」

「カメラないしどうなんだろう」

「男のほうは私服だからこれって……」

「まさか花嫁略奪ってやつ？」

「ドラマじゃないんだから。実際する人いたら迷惑すぎ」


街ゆく人々は一組の男女を見てひそひそと会話をしていた。

女はウェディングドレス、男は真ん中に大きく文字が書かれたTシャツにジーンズ。

そんな異色の格好の組み合わせはかなり人目を惹き、たったいま結婚式場を抜け出したというのが誰の目から見ても明らかだった。

「連れ出されたってことは女性側からの婚約破棄でもあるわよね」

「どうして？」

「断ることもできたのに同意してるから抜け出したんでしょ」

「たしかに。うわー、どっちも身勝手すぎて引く」

好奇の目に晒されているのにもかかわらず当の本人たちは全く気にしていない。世界には二人だけしかいないようで周囲は目に入っていない様子で走っていた。

そんな二人だからこそ、人様に迷惑になるなんてつゆほどにも考えずに行動してしまったのだと納得がいく。

「ま、待って湊くん……もう走れないよ」

「ふぅ、ここまで来たらもう大丈夫だろう」

二人は立ち止まり、警備が追いかけてきていないか辺りを見回す。

追手が来ていないことが確認できた姫乃は気恥ずかしそうに湊の方を向く。

「抜け出しちゃったね」

「ああ、連れ出しちまった」

頭をかきながら湊はいう。

「ふふ」

「はは」

「あはははははは」

なにがおかしいのか分からないが二人は道の往来で大笑いをする。

ますます周りの視線は強くなるばかりだった。

「湊くん、幸せにしてね？」

「おう、俺に任せろ」

いま二人は自分たちが幸せになる未来しか見えていない。

孤独と絶望に耐えながらも、関わってくれた人たちに誠心誠意で頭を下げている一人の男がいることを二人は知らない。

それにしても、と姫乃は話を切り出す。

「あのショックを受けた新(あらた)さんの顔みた？」

「みたみた。あのロボット、姫乃の言葉にはさすがにショック受けてたな」

「御曹司だからかなんでも出来て、最初はいいなって思ってたんだけど。それがなんだかだんだんつまらなく思えたの。だからつい最後に言っちゃった」

「ああいうやつは自分以外のことは見下してて馬鹿にしてそうだもんな。すかしてる感じもいけすかねえし。姫乃が言ってるところみて俺もスッキリした」

「それに引き換え、湊くんは私の知らない世界ばかり教えてくれて楽しいよ」

「そうか？　別に変わったことしてるつもりねえんだけどな。まあ、お嬢様の姫乃からしたら刺激的かもな」

それから二人は人目もはばからずに談笑を続けた。

落ち着いてから姫乃が少し不安を口にする。

「これからどうするか湊くん考えてる？」

「そういや、なんにも考えてなかった。姫乃を連れ出すことしか頭んなかになかったからさ」

「え、私のことばかり考えてくれてたの？　もう、湊くんったら！」

ひたすらに自己中心的で考えなしの行動をとっただけの湊だったが、姫乃はそこに気づかない。

自分を連れ出すことだけ考えてくれていたという点に注目して喜んでいた。

「そうだ！　だったら俺ん家くるか？」

さも妙案が思いついたかのように湊はいう。

「え、いいの？」

「いいぜ。両親は海外出張ばっかりだから家に誰もいないしさ」

「やった！　いく！　初めての湊くんのお家だ！」

「あはは、はしゃいじゃってかわいいやつだな。じゃあ行こうか」

「か、かわいい……？　嬉しい……」


あれからも二人はじゃれつきながら、ようやく湊の家へとついた。

「お邪魔します」

「どうぞ……って姫乃！　靴脱がないと！」

ブライダルシューズを履いたまま家にあがろうとする姫乃を湊は慌てて制止する。

「え？」

「え？　じゃないって！　家にあがるときは靴を脱ぐだろ？　欧米かよ」

「そうだけど、でも玄関じゃ靴脱がないよね？　ここまだ玄関でしょ？」

「いやいや、もうここから廊下だから！　ほんと姫乃は天然だなー、そんなところもかわいいけどさ」

「ご、ごめんね」

　ははは、と湊は笑ってリビングに向かう。

（え？　湊くんの家狭すぎない？　でもこんな狭いところで身を寄せ合うのが庶民的でいいんだわ）

　姫乃は失礼な感想をいだきながら、湊のあとをついていく。

　湊の住むマンションはそこまで狭くない。ただ、豪邸に住んでいる姫乃の価値観ではここで人が住むということが想像できなかっただけであった。

「ウェディングドレスのままじゃ生活しにくいだろ。ほい、これ着な」

　そういって湊が手渡したのは女性ものの服だった。

　目を見開いて固まっている姫乃の様子をみて、湊は続ける。

「ああ、これ？　瑞稀がよく泊まりに来るから着替え置いてるんだ。つってもなんにもやましいことはないからな？　昔から家族ぐるみの付き合いで泊まり泊まられってのが普通なんだよ」

「へ、へー。私、幼馴染いないから分からないけどそうなんだ」

「そうそう、幼馴染ってそういうもんだぜ」

姫乃はもやもやとした気持ちを抱えつつも服を受け取る。

着替え終わった姫乃は気を取り直してある提案をした。

「湊くん！　今日は二人の記念すべき日だから、私がご飯作ってあげるね？」

「おお！　それは嬉しいな。いつも瑞稀が料理作ってくれるおかげで食材は冷蔵庫にたっぷりあるからなんでも使ってくれ」

「うん！　じゃあ使わせてもらうね」

(あれ、また瑞稀ちゃんの名前が出てきた。湊くんは私と結婚するはずなのに……。ううん、大丈夫。湊くんは真実の愛を見つけたって言ってくれたもん)

それからしばらくして。

「お待たせ、料理できたよ」

「おお！　え、これは……」

その光景に湊は絶句する。

テーブルに並べられたのは真っ黒な物質だった。

「ごめんね、キッチンの勝手がわからなくてちょっと焦がしちゃった」

「ちょっと焦がしたってレベルじゃ……いや、なんでもない。いただきます！」

(そういえば、昔みんなで行った合宿で料理することあったけど、そのときも姫乃は真っ黒い物質だったりどろどろの謎の液体を作ってたっけな……)

湊は嫌な過去を思い出しながらも目の前の料理とすら言えないナニカを恐る恐る口へと運ぶ。

(やばい、これは食べられたもんじゃない！)

吐き出しそうになるのをなんとか我慢して水で流し込む。

そうなっているとは知らずに自信に満ちた笑みで姫乃は尋ねる。

「どう？　おいしい？」

「お、おいしいよ……。ありがとな」

「嬉しい！　ちょっと作りすぎちゃったけど、愛するお嫁さんの手料理だからもちろん食べてくれるでしょ？」

「え!!」

キッチンに目をやると到底食べ物とはいえないものが量産されていた。

「……食べてくれる？」

「お、おう……ま、任せろ……」

(待て待て待て、あのときはネタかと思ってたけどこれはガチだ。結婚したらこれが毎日なのか!?)

勢いや刺激だけの恋愛感情では結婚生活が立ち行かなくなることは目にみえている。

これから二人は徐々にそれに気づきはじめるのだったが、もう遅い。

空一面には黒く厚い雲が広がり、いまにも雨が降り出そうとしていた。

幕間　寧々side②

天ヶ峰高等学校へと続く坂道、並木には新緑が青々としている。

スーツ姿の新を見送った寧々は、高校へと登校していた。

「ふふ」

新さんに行ってらっしゃいって言ってもらえた。嬉しい。

慰めにいった私の方が元気もらっちゃったな。

「藤咲先輩が微笑んでるぞ」

「マジかよ！　めっちゃレアじゃん」

「両手で口元隠してるところとかマジ清楚……」

ひそひそと男子たちが噂しているが寧々の耳には届かない。

そんなことはお構いなしに、寧々はスマホを取り出してディスプレイを眺める。

「変な顔」

そこには今朝、新と一緒に撮った自撮りが映し出されていた。

お弁当とお箸を持って仏頂面をしている新、その横で口元をぎゅっと押さえている寧々。

「ほんと、変な顔してるなぁ……。私」

その顔はにやけそうになっているのを堪えているようにもみえる。みる人がみればそれもまた悶絶するほどかわいい表情なのだが、本人はお気に召さないようだった。

「でも仕方ないよね」

だってスーツ姿の新さんが横にいたらこうなっちゃうよ。

初めてみたけど、ピシッとスーツを着こなしていて、仕事ができる完璧上司って感じがしてかっこよすぎだよね。

にやけないように我慢してたり、目に焼き付けようとみつめてたけど変に思われなかったかな？

今朝のことを振り返りながら寧々はそんな心配をする。

削除して撮りなおすことも考えたけど、新さんを削除することなんてできないし、撮りなおしても絶対にまた変な顔しちゃうだろうなって諦めた。

上手く撮れるようにこれから頑張らないと。

拳をギュッと小さく握りしめて決意する寧々だった。

そして、ディスプレイに視線を戻して嘆息する。

「はぁ……」

何度みてもかっこよすぎ、と心の中で寧々は呟いた。すると後ろからポンと肩を叩かれる。

「おはよー寧々。ため息なんかついてどした？　病み上がりでしんどいん？」

「おはよ、陽葵。ん？　元気だよ」

新との写真をみて感嘆のため息が漏れてしまっただけなのだが、それを心配する陽葵だった。

寧々は内心で慌てていたがそれをさとらせないように素早くスマホをしまう。

「ほんと？　大丈夫そ？」

「うん、大丈夫」

陽葵は寧々の顔を覗きこみ、少ししてから口を開く。

「うん、顔みたらめっちゃ元気そう。てかいつもより元気じゃね？」

「そうかな？　いつもと同じだと思うけど」

「ちがう。毎日みてんだから分かるしー。寧々なんかいいことあった？」

いつも通りの低血圧で透き通るように白い肌、表情に乏しい寧々だが今日は頰がほんの少し紅潮していた。

普通の人が見れば見逃すほどの小さな変化。だが陽葵はその変化を見逃さない。さすが親友というべきか。

「んー。いいこと、あったかも」

「えー！　激アツじゃん！　教えて教えて！」

「どうしよっかな」

「陽葵ち、寧々ち、おはよー！　楽しそうにしてどしたのー？　美羽も交ぜて交ぜてー！」

二人のあいだを割って入ってきたのは美羽。

寧々の顔をみた途端にテンションを上げていう。

「え、今日の寧々ち、いつもよりかわいくない？　なんか女の子みが強いんですけど」

「だよねー！　美羽も気づいた？　そのワケをいま探ってんの！」

「うん、すぐ気づいた！　これは乙女案件だよね」

「私、いつもとそんなに違うかな？」

首をこてんと傾げながら疑問を口にする寧々。

それに対して二人は声を揃えていう。

「ぜんっぜんちがうから」

陽葵と美羽はテンションが最高潮のまま寧々に質問攻めをして、ガールズトークに花を咲かすのだった。

それは学校について朝のホームルームが始まるまで続いた。

◆

夜。ぽふん、と布団に倒れ込む寧々。高級な羽毛布団は寧々の体を包み込むようにゆっくりと沈み込む。

かわいいキャラの絵が描かれた寝巻き姿の寧々はスマホのカレンダーを眺めていた。

寧々はカレンダーにハートマークで記された日付をタップする。

「明日(あした)は新さんと一緒に料理をする日。服装大丈夫かな」

寧々はクローゼットにかけてある服を思い出しながら考える。

「大丈夫だよね、二人にも一緒にみてもらったんだし」

あれから寧々は、陽葵と美羽の怒涛(どとう)の質問攻めに根負けして、いまの状況を話した。

話を聞いた二人は、「応援するよ！」と寧々の背中を押してくれた。

複雑な関係性になっているとはいえ寧々の過去を知る二人からすれば、応援すべきことだった。

当然料理を教えることになったことも伝えた。

後日、その日のための服をみんなで買いに行くことになったのだ。

そのとき買った服がいまクローゼットにかかっている。

「いつもとは系統ちがうけど、あの服を着れば大人っぽくみられるかな？　この前も子どもだと思われて話してくれなかったことあったし……」

この前とは、仕事を辞めることになった事情を隠して話してくれなかったときのこと。

藤咲家が迷惑をかけたことがきっかけで、新さんがお父さんから会社を辞めさせられたのに新さんは言おうとしなかった。

聞けば私が心配すると思ったんだろうな。

新さんの気遣いは嬉(うれ)しかったけど、同時に自分だけ子ども扱いされているようで少し悲しくなった。


本当は私に話して欲しかった。

心配かけて欲しかった。

甘えて欲しかった。


だから事情を知っていた私はつい自分から言ってしまった。

それを聞いた新さんは、ひどく申し訳なさそうな顔をしていた。自分が恥ずかしいとか辛(つら)いとかじゃなくて、ただ私を心配しての表情だった。

私はすでに十八歳を迎えている。自分を大人だとうぬぼれることはないけど、もう成人だ。

法律が変わって高校生であっても十八歳であれば結婚もできるし、未成年じゃないからそのことで新さんに迷惑をかけることもない。

でも、私はまだ頼りないんだろうな……。

だって、私は新さんが言ってくれたようないい子じゃない、本当は悪い子だから。

そんな不安を胸にしまって、寧々はスマホを眺める。フォルダにまとめている新との自撮りの写真だ。

「……恋人みたいにみえるかな？」

口から小さく漏れた発言に自分でも驚く。

体がカッと熱くなり、ベッドの上でジタバタと悶えてしまうのは仕方のないことだった。

呼吸を整えて自分を落ち着かせるが机の上に置いた包み紙が目に入り、明日のことを想像して思わず喜びが溢れてしまう。

「楽しみだなぁ、ふふ」

3章 Chapter 3

Hanayome wo ryakudatsu sareta oreha tada heion ni kurashitai

寧々ちゃんに料理を教えてもらう日。近所のスーパーに二人で買い出しにきていた。

俺は買い物カゴ片手に、いつもより視線を上げながら寧々ちゃんの後ろをついて歩いていた。

視界の下の方で、黒檀のような黒髪とその内側の林檎のように赤い髪がさらりと揺れる。

一人でたまに利用している場所に寧々ちゃんといるのは不思議な気分だ。

たまねぎの前に差し掛かったところで寧々ちゃんは立ち止まる。それから両手にひとつずつ手にとって比べているのが視界の端で見える。

「こっちの方が重いから、これにしよ」

何度か比べたあと、ひとつを俺の持つカゴへ入れた。

「人参はこの中なら、軸が細くてつやつやしてるこれだね」

それからも寧々ちゃんは野菜を見ては厳選していた。俺は感心して思わず声をかける。

「へえ、野菜ってそんな感じで目利きしていくのか」

「そうだよ。美味しいものの見分け方があって、それぞれの種類で違うの」

野菜ひとつにしても選ぶところから、料理はできているのか。

「この前は適当に近くのやつを取っていたから勉強になる。寧々ちゃんも料理得意なのか？」

「え、ううん……そんなことない。どうしてそう思ったの？」

「なんだか手慣れている感じがした」

「昨日お母さんに言われたことを覚えてきただけ」

それにしては迷いなく選んでいる感じがしたが、俺の気のせいだろうか。

「それよりもお義兄さん、今日はなんだが少し上みてない？　そんなところに食材ないんだけど」

「そ、そうか？　俺は背が高いからな。人よりも視線が高くなってしまうんだ」

「だめ、しっかりと下向いて。寧々がどうやって選んでるかちゃんとみて」

そう言われてもな……。

今日、俺が視線を下げないようにして視界の端で寧々ちゃんを見ているのには理由があった。

それは寧々ちゃんの服装にある。

いつものチョーカーやピアスはそのままに、今日は制服ではなく黒のワンピースを着ていた。

いつもと違う服装にどぎまぎするという訳ではない。まあ、新鮮味があるということは否定しない。

問題はワンピースのデザイン。少し首元が広がっていて鎖骨が見える。ここまではまだよかった。

しかし、後ろがだめだ。なぜなら、ざっくりと開いており大胆に背中が出ているのだ。

家に迎えにきたときには正面しか見えなかったので分からなかったが、歩きだしたときにそれに気づき、すぐに視線を上げたあと『背中が出すぎてないか？』と聞いたら、

『こんなの普通だよ？』

振り向きもせずに寧々ちゃんに、そう返されてしまった。

おっさんが服装にあれこれいうなんて、うざいと思われたんだろう。

女性のファッションに疎いから分からないが今どきの高校生のあいだではこれが普通なのかもしれない。

寧々ちゃんの背中は余分な脂肪のない背筋が曲線美をえがき、雪のように白い肌はほくろひとつなく美しかった。

視界にうつったのは一瞬のはずなのに強烈に印象に残った。

それから自分の体で寧々ちゃんの背中を他の人に見られないように隠しつつ、俺も出来るだけ見ないようにしていたのだ。

だから、しっかりと下を向いてと言われたが、そうすると前を歩く寧々ちゃんの背中をしっかりと見てしまうことになる。

困ったなと思っていると、両頬に冷たい感触がして顔をぐいっと下に向けられる。目の前には頬をぷくっと膨らませた寧々ちゃんがいた。

「もう、お義兄さん。寧々をちゃんとみててね？」

教えてもらう立場の俺が、うわの空に見えたから怒っているのだろう。

「ごめん。ちゃんと見てるから」

「うん、お願いね？」

寧々ちゃんは俺の頬から手を離して、ふふ、と口元に手を添えて微笑む。

唇も艶があって今日の寧々ちゃんはやけに大人っぽく感じるのは気のせいだろうか。

「お義兄さん、お肉は豚肉よりも牛肉の方が好きだよね？」

「ああ。牛肉の方が好きだ」

「うん、私も好き」

寧々ちゃん牛肉のパックを手にとってカゴに入れる。

さっきから主語がないような気がする。まあ、会話の文脈から伝わるからいいか。

「寧々ちゃんはスムーズにものを買うよな。初めて来たスーパーなのにどこになにがあるか分かってるみたいだ」

それはね、と寧々ちゃんは説明してくれた。

「どこのスーパーもお客さんの動きを考えた動線と陳列をセットで考えてるんだよ。入り口から反時計回りで野菜に果物、お肉やお魚、お惣菜でしょ、それからパンに牛乳みたいな感じで。あとは内側あたりには冷凍食品、飲み物やお菓子、保存食品とかね」

それを知っていたから迷わずにものを買うことができるのか。

「なるほどな。それにそう配置することで回っているあいだに購買意欲を刺激するんだな」

「さすがお義兄さん。そういうこと」

スムーズに買うのもそうだが、余計なものを買おうとしないのもすごいな。

高校生の女の子だったらお菓子やジュースもついつい手に取りそうなものなのに。

「買わせるために上手くできてるな。でも、その知識があればマーケティングって分かるから必要なもの以外には目移りしないわけだ」

何気なくいった俺の一言、その瞬間に少し空気が変わる。

「違うよ。私は最初から絶対に目移りなんてしない、必要なもの以外いらない」

その瞳には確固たる意思が秘められているようだった。

突然変わった温度感に俺は戸惑いながらも「そ、そうか。それは良いことだな」と返す。

なるほど。寧々ちゃんは合理的で無駄使いしない節約上手なんだろう。

必要なものを買い終え、俺たちは家へと戻ってきた。

「さ、あがって」

「ただいま」

「おかえり。ってここは俺の家だからただいまじゃないぞ」

「間違えちゃった。お邪魔します」

調理台に買ってきた食材を並べ、俺はカットソーの袖をまくって料理を作る態勢に入る。

「よし。早速やっていこう」

「お義兄さん、ちょっと待って」

寧々ちゃんはトタタと玄関に向かって、そこから包み紙を持ってきて俺に手渡してきた。

「はい、どうぞ」

「これは……」

包み紙を開けると、エプロンがあった。

黒の無地、左胸に小さく『I.A』と刺繍がされているシンプルなデザイン。

「エプロンあったほうが便利でしょ？　って、お母さんが」

「便利だろうけれど。貰っていいのか？」

服が汚れないし、ポケットもあってたしかに便利だ。

なにより料理をしてる感じでテンションが上がるが、ここまでしてもらっていいんだろうか。

「なにも考えず受け取っていいんだよ。それに形から入るっていうでしょ？　エプロンつけてたら気分あがるだろうし」

寧々ちゃんがにこっと微笑みかけてくる。

俺の考えが見透かされているようで心臓が跳ねる。

「そうだな、嬉しいよ。ありがとうとお義母さんに伝えておいて欲しい」

「うん。伝えとくね」

俺がエプロンを着用しようと広げたそのとき、

「エプロンの紐結んであげるね？」

寧々ちゃんは俺の後ろに回り込み、エプロンの紐を結んでくれた。

少しばかりの気恥ずかしさを覚えながら俺は感謝を伝えるのだった。

「あ、ありがとう」

「どういたしまして。私も一応料理の準備するから、ちょっと待っててね」

寧々ちゃんはカバンのポーチからヘアゴムを取り出し、口にくわえた。

そのまま髪を手で後頭部の高い位置でひとつにまとめ、ヘアゴムを手に持ち替えて、それを結ぶ。

あっという間にポニーテールに仕上がった。

黒髪とインナーカラーの赤髪とのコントラスト、細く伸びた首筋、耳のピアスのバランスがとても綺麗だった。

式の時のヘアアレンジとはまた違った良さがある。

「えへへ、寧々のもあるんだ」

次に寧々ちゃんがカバンから取り出したのはエプロンだった。

デザインは俺とお揃いで、色は黒ではなく柔らかい青。イニシャルの刺繍はなかった。

女の子だからかわいいデザインや色を身につけるのではないかと思って少し意外だったが、落ち着いた色味で家庭的な印象を受けるそれは、不思議と寧々ちゃんに馴染んで見える。

「ねえ、お義兄さん。エプロンの紐結んでくれる？」

「ああ、いいよ」

「ありがと」

さっき自分もしてもらったし当然だな。

返事をしてから気づく、今日の寧々ちゃんの服装に。

寧々ちゃんは背中のざっくりと開いたワンピースを着ている。エプロンの紐を結ぶことになると必然的に近い距離でそれを拝むことになる。引き受けてしまったのだから仕方がない。

寧々ちゃんの後ろに回り、エプロンの紐を両手に持って覚悟を決める。

誰も踏みしめていない雪原のように滑らかで白い背中、ポニーテールにしているのでそれが余計に目に入る。

ただ結ぶだけ、なのにこれほどまでに緊張するとは。

まずは紐をきゅっと結ぶ、寧々ちゃんの背筋がぴくりと動く。

なにも考えるな。結ぶことだけに集中だ。

あとは輪っかに紐を通して蝶々の形を作れば、

「あ、お義兄さん……」

突然、艶かしい声をあげた寧々ちゃんに心拍数がもう一段階上がる。

「ど、どうした？」

「強く縛りすぎかな……」

「うわ、ごめん！」

気が付かないうちに、ぎゅっと強く結んでしまった紐が肌に少し食い込んでいた。

「優しくして、ね？」

手解きするようなその言葉に俺はなにも返すことができず、しどろもどろになりながらもなんとか結び終えるのだった。

料理の前に少し疲れた気がするが本番はこれからだ。

今日つくるのはもちろん肉じゃが。前回失敗したリベンジだ。

「今日はね、料理初心者のお義兄さんでも作れるレシピにアレンジしてきたよ」

「おお、それは助かる」

「そこから少しずつ難しい作り方や他の料理をしていけばいいからね」

成功体験を味わってもらってから、徐々に難しいものに挑戦していくのは教育の基本だな。

お義母さんはそれを分かっていらっしゃるようだ。

寧々ちゃんがレシピを読み上げて、俺がその指示に従う形で進めていくことになった。

「それにしても、すごいかわいいよな」

「え！　……どうしたの？」

「いや、レシピの字やそれに描かれてるキャラがかわいいなって思って」

「あ、そういうこと」

ふう、と寧々ちゃんは手に持っているレシピで顔をあおぐ。

料理の前にレシピを軽く見せてもらったのだが、その字が丸っこい感じで、注釈がキャラたちが喋（しゃべ）っているようになっていて見やすかった。

このレシピは料理が終わったら貰えることになっている。実にありがたい。

お弁当選びから思っていたがお義母さんはかわいいキャラとかが好きみたいだな。

「ごめん、関係ない話だったな。やっていこう」

「えっと、まずは野菜を切っていきます。にんじんは皮付きで、じゃがいもは皮を剝（む）いて、どちらも乱切りだね」

「はい」

「お義兄（にい）さん、いいお返事だね」

ふふ、と寧々ちゃんは微笑む。

教えてもらってるから敬語になってしまうんだが、寧々ちゃん相手に敬語だとなんだか面白い感じがするな。

「野菜だけど、一口サイズに揃（そろ）えてね。そうすれば火の入りが均一かつ口に入れたときにストレスなく食べやすくなるから」

「なるほど」

　こういうところから食べる人のことも考えているのか。

　一口サイズといっても俺の一口だと大きいから、寧々ちゃんに合わせよう。そう思い、寧々ちゃんの口元を見る。

　ぷっくりと赤く張りのある唇、小顔だから口もそんなに大きくないな。

「お義兄さんなにみてるの？」

「寧々ちゃんの口を見ている」

「え！」

　恥ずかしいよ、と寧々ちゃんは口元を隠す。

「一口サイズを寧々ちゃんに合わせようと思ったのだが。それだと見えない」

「うぅ……そういうことなら」

　寧々ちゃんは視線を外しながらも手をどけてくれる。

「うん、これくらいのサイズにするとちょうど良さそうだ。ありがとう」

　せっかく作るんだから食べてもらう人に美味しいと思って欲しい。

「次にたまねぎだけど、皮を剝いて半分に切ったあと、くし切りだね」

「これも一口サイズということだな」

　また寧々ちゃんの口を見て大きさをたしかめながら切っていく。

これで野菜は全部切り終えたな。

「……お、お肉は五センチ幅に切っていくよ。だから私の口はみなくていいからね？」

「分かった」

「次に、フライパンにお水、しょうゆ、みりん、さとう、顆粒だしを入れます」

「野菜や肉は焼かなくていいのか？　それに鍋じゃなくフライパン？」

前に失敗した作り方とは違うので質問をする。

「今回はフライパンひとつで焼かなくても美味しく作れるレシピなんだよ」

そういうのもあるのか。

手間が少なくて美味しいのはいいことだ。

「だしも顆粒だしでいいなら簡単だな」

「だしを取るのは大変だからね。顆粒だしでも十分美味しいし、料理は毎日のことだから続けられることが重要だよ」

たしかに、その通りだと思った。まずは料理をする習慣を身につけよう。

ハードルを高くしてしまって料理をしなくなるのはもったいない。

「そこに具材を入れてから中火にかけて、おだしと馴染ませます」

「お、これだと肉が固まらずに広げやすいな。前に焼いた時はすぐに火が入って小さい塊みたいな感じになってしまったんだ」

うんうん、と寧々ちゃんは共感するかのように頷いてくれた。

「それから落とし蓋をします。煮崩れが防げるし煮汁の水分が飛んでいかなくなるからね」

「前は煮汁が少なくなって焦げてしまったんだよな。そうか、そうすればよかったのか。でも……」

ただの蓋ならあるが、フライパンより一回り小さい蓋は家にない。

「大丈夫、キッチンペーパーで問題ないよ。それにそうすることで灰汁も吸ってくれるの」

「落とし蓋と灰汁取りの二役になるなんて、便利だな」

「そうなの、すごいよね。それから二十五分から三十分煮込みます。そしたらもうほぼ完成だよ」

そして、煮込み終えたところでキッチンペーパーを取りのぞくと、そこには野菜の形が保たれたまま焦げついてもいない、お肉も塊になっていない、ちゃんとした肉じゃががあった。

「あとは火をとめて時間を置いて煮汁が中まで染み込んだら完成」

「おお、感動だ」

「ふふ。おおげさだよ」

「大袈裟じゃない。前の失敗は結構ショックだったんだ。それを取り戻せて嬉しいんだ」

「なら良かった。私も嬉しいよ」

寧々ちゃんは満面の笑みを浮かべていた。

「いただきます」

目の前には白ごはんと、肉じゃが、たまご焼きに味噌汁が並んでいた。

「たまご焼き上手にできてるね」

「そうだろ？」

味を染み込ませている間に、もう一品つくっていたのだ。

これだけは唯一できる料理だったからな。

肉じゃがだけではさびしい気もしたし、ちょっと良いところを見せたくてつくった。

味噌汁はインスタントだが、あるとそれらしくなって良いな。

「うん、たまご焼き美味しい！」

「よかった、初めて人に食べてもらうから少し緊張してたんだ」

「え、お義兄さんの初めてを食べちゃったの？」

「そうなるのかな」

ある程度自信はあったが人に振るまう機会なんてなかったな。

「お義兄さんの初めて……、全部食べてもいい？」

「いいぞ」

目の色がかわったように寧々ちゃんはぱくぱくとたまご焼きを口に運んでいた。

そんなに気に入ってもらえたのか、もしくはよっぽどたまご焼きが好きなんだろう。

俺は肉じゃがだけでも問題ない。

そして今日のメインの肉じゃがはというと、

「おお、美味しい。自分で作ったとは思えない！」

前に作ったものとは雲泥の差だった。

前のは本当に泥というか土みたいに黒焦げだったし。

「こっちも美味しいね。お義兄さん、よくできました」

ぽんぽん、と頭に優しい感触がする。前にも似たような感触をどこかで……。

「あの、寧々ちゃん？」

「あ、ごめんなさい。つい……。年下にこんなことされるの嫌だったよね？」

寧々ちゃんは涙目になりながら俺に詰めよる。

「えっと、嫌じゃない。ただ恥ずかしかっただけで」

「ほんとに？」

「本当だ。だから安心してくれ」

大人になって褒められる機会は年々減っていく。できて当然、できないと怒られる。それが普通になっていく。

だから嫌どころか、むしろ嬉しかった。そんなことは年上の矜持として口に出さないでおこう。

「ごちそうさまでした」

「料理楽しかったな」

率直に思った感想をいう。人と一緒になにかをするのは楽しかった。

「うん。また、こうやって料理していこうね？」

「え？」

「だって覚えたのひとつだけでしょ？」

「たまご焼きも作れるぞ」

「そのふたつのローテーションじゃ厳しいよ。それに栄養のバランスが心配。……ってお母さんならいいそう」

他の料理を作れることをアピールすれば問題ないかと思ったが、そうはいかなかった。

肉じゃがとたまご焼きが作れるくらいではまだダメだった。

「次はさばの味噌煮にしよ！　お義兄さん好きだよね？」

「ああ、大好きだ」

さばの味噌煮は肉じゃがに次ぐ好物だ。

考えると少しわくわくしている俺がいた。

「……」

「寧々ちゃん？　どうかしたか？」

なぜかフリーズしている寧々ちゃんに声をかける。

「な、なんでもない！　ええっと。私の空いてる日は……、この日なんてどうかな？」

「いいよ。俺は自由だからな。寧々ちゃんに合わせる」

こうして料理を教えてもらうのは無事に終わり、次の予定も決まってしまうのだった。

閑話　元婚約者side②

Hanayome wo ryakudatsu sareta oreha tada heion ni kurashitai

「やっぱ、カップ麺うめえ」

「……うん、美味しいね」

とある日の昼下がり。

湊と姫乃は家で昼ごはんを食べていた。

「どうしたんだ姫乃？　あんまり美味しくなさそうだな。初めて食べたときはあんなに感動してたじゃねえか」

「ううん、美味しいよ。ただ……」

（あれから何度か手料理を作ったあと、湊くんから「これ食べようぜ」って言われて食べたカップ麺。家ではこうしたインスタント食品を食べたことがなかったから、昔みんなで登山したときに初めて食べたときは感動したよ？　それを覚えてて言ってくれたんだと思って嬉しかったけど、でも最近はこればっかり）

「あー、味に飽きたってことか。だったらマヨネーズたっぷりかけたら味変でめちゃくちゃ美味いぞ！」

「じゃ、じゃあちょっと貰おうかな？」

（湊くんはなんにでもマヨネーズをかける。味がこってりしすぎてて あまり好きじゃない、それにそんなに食べたら太っちゃうし……）

「おう、貰ってくれ。そうだ、この前新作見つけたんだよ、これシーフードホットチリチーズっていうんだけどよ、美味しそうだよなー」

湊はポンと手を打って、買っておいた別のカップ麵を取り出して姫乃にみせる。

屈託のない笑顔を向けられた姫乃は、喉まで出かかっていた不満を引っ込める。

「し、新作ね！　美味しそう！」

「だろ？　晩飯はこれで決まりだ！」

（ふう、箱入り娘の姫乃はこうした一般庶民のご飯に興味津々だからな。これで大丈夫だろう）

湊は振り返ってため息をつく。

「え、今日は私が夜ごはん作るよ？　ほら、ここに来た頃の何回かしか作ってないし、そろそろ私の手料理が恋しいんじゃないかな？　美味しいって湊くん全部食べてたもんね！」

（前に手料理を作ったときはたくさん作っちゃったのに任せろって言って全部食べてくれたの嬉しかったなあ。でも最後にはマヨネーズをかけてたけど……）

「いっ⁉　ええと、姫乃の手料理も恋しいけど、式を抜け出して慣れない土地で疲れてるだろうしさ、今日はゆっくりしてくれよ」

「そうかな？」

「そうそう！　自分では元気そうでも実は気疲れとかしてるんだって！　俺のことは心配いらないから大丈夫、今日はこの新作のカップ麺にしようぜ？　な？　俺は姫乃が心配なんだ」

大粒の汗を垂らし、ぎこちない表情で湊はいう。

「私の心配してくれてるの？　湊くん優しい……。うん、今日もカップ麺にする」

湊の様子に気づかず、姫乃はポーッと顔を赤らめて提案を飲み込んだ。

（あ、あぶねー。今日も姫乃の手料理を避けることができたぜ）

湊は姫乃にバレないように汗を服の袖で拭う。

（頑張ってくれてるのは嬉しいんだけど、暗黒物質や未知の液体、この世のものとは思えない味を毎日ってのは流石にキツい。それに料理の材料を買うときも俺のためって言ってデパートで最高級の食材を買おうとするからヒヤヒヤするんだよな。毎回なに買うか悩んで時間が掛かってかなり待たされるし、そんでそれをダメにするし、家計的にも精神的にも辛いものがある）

「ごちそうさまでした」

「じゃあ容器捨ててくる」

「湊くんありがとう」

カップ麺を食べ終えた湊は立ち上がり、自分のと姫乃が食べ終えた容器を持ってシンクへ行く。

（あーあ、カップ麺やインスタントばっかってのもそろそろ飽きてきたな。はぁ、俺は料理できねえし、久々に瑞稀呼んで手料理作ってもらうか？　いや、それとも姫乃に料理を教えるように瑞稀に頼むか？　どうにかしねえとな）

湊はこのままの食生活ではいけないと感じつつも、解決策は人任せだった。

「よし、洗濯物でもすっかな」

「……いつもごめんね」

湊の呟きに姫乃は謝る。

「気にすんな。俺は一人で過ごしてる期間が長いからこれくらい平気だって」

（姫乃に洗濯物を任せたら、また前みたいになっちまう。それは勘弁だ）

湊は笑顔の裏で、内心で悪態をついていた。

初めて湊の家に来たときのこと。

姫乃に服洗ってくれと洗濯物を頼んだら『クリーニングすればいいの？』と言われてしまった。

クリーニングなんて普通の服ではあまりしない。いい服だったりスーツやコートくらいだ。

それを毎日してたらお金はバカにならない。

いつもどうしているのか聞いたら『お手伝いさんにやってもらってる』とのことだった。

お金持ちの箱入り娘って感じがして面白いと思った湊だったが、今後のことを考えると頭を抱えるしかなかった。

普通はどうしてるのか逆に聞かれたので『洗濯機を使って洗濯するんだ』と伝えた。

洗濯機に興味を示したようで姫乃は自分でしてみたいと言った。

一通り操作を教えてから任せたが、それが失敗だった。

姫乃の叫び声を聞いて湊が駆けつけると部屋が泡だらけになっていた。

どうやら洗剤を一回で全て使い切ってしまったらしい。姫乃は沢山使った方が綺麗になると思ったとか言っていた。

それから掃除だったり、もう一度洗濯したりと大変だった。

いくら教えても進歩がみられなかったので、洗濯は湊がすることになったのだ。

(家事って毎日だし、それが分担できないって大変だな……)

湊の内心をよそに、姫乃はある提案をする。

「そうだ湊くん、そろそろご両親にご挨拶したいと思ってるんだけど帰ってくる日はいつになる?」

「挨拶?」

「だって私たち結婚するんだよ?　ご挨拶は必要でしょ?」

姫乃は左手の薬指につけているおもちゃの指輪を湊にみせる。

「そうだったな。また聞いとくよ」

「うん、お願い！　あと、私の両親にも会って欲しいんだけど……」

姫乃は言いづらそうに顔を伏せる。

湊はその言葉を受け、親への挨拶なんて堅苦しくて面倒だな、と顔をしかめる。

（待てよ……、姫乃の家はお金持ちだし、同居させて貰えばお手伝いさんに家事してもらえんじゃね？　同居じゃなくても俺の家にお手伝いさんを派遣して貰うのもいいかもな）

心の中でほくそ笑み、その表情を一変させる。

「ああ、そうだな！　俺も会って挨拶と謝罪をしないといけねえなって思ってたんだ！」

「ほんと？　考えてくれてて嬉しい。でも、怒られないか心配で……」

「まあ怒られるかもしれねえけど、俺たちは真実の愛をみつけたんだ。しっかりと話し合えば分かってくれるさ」

「そうだよね。これは真実の愛だもんね。分かってくれるよね」

二人は姫乃の両親に謝りに行くことを決めた。

真実の愛。そう伝えれば両親が理解してくれるなどとどこまでも楽観的に捉えている二人だった。

その上、一人は厚かましい欲望を抱えている始末。

自分たちがどうなるのか知る由もなかった。

4章 Chapter4

Hanayome wo ryakudatsu sareta oreha tada heion ni kurashitai

今朝も寧々(ねね)ちゃんが持ってきてくれたお義母(かあ)さんのお弁当を美味(おい)しく頂いた。

それからは家で過ごしていたのだがずっと閉じこもってばかりもいられず、昼頃に運動を兼ねて散歩に精を出していた。

激務から離れ、美味しくご飯を食べる日が増えたことは喜ばしいが、贅肉(ぜいにく)がつくことは見過ごせない。

若くないというつもりはまだないが十代の頃と違うことは間違いないだろう。

「ここはこの道に繋(つな)がっていたのか」

それにしても目的なく歩くのも良いな、新しい発見がある。

これまでは目的地までの最短距離を移動するばかりで、寄り道したり風景に注目したりすることはなかった。

ゆっくりしてください、と北川(きたがわ)に言われたばかりだしな。

「ん、なにか良い香りがする」

歩いていると小麦の香ばしい香りが鼻腔(びこう)をくすぐる。

その香りへ自然と目が向く、そこには外国の建物のような佇まいのベーカリーがあった。

「身近にこんなお洒落なお店があるなんて知らなかった。そういえば最近パンを食べてないし良い機会だ、行ってみよう」

他のものに目を向けるには余裕がいる。俺が必死になっている間に見落としてきたものは多いのだろうか。

入店すると一層強まった香りと数々の種類の見栄えのするパンに出迎えられた。

トレイとトングを手に取ってあれやこれやと悩む、この時間が楽しい。まるで小さな体験型アトラクションだ。悩めるのも時間あってのものだな。

よし決めたクロワッサンにしよう、ここの一押し商品らしい。看板にもそう書いてあった。

トングを伸ばすと、奇しくも同じものが目当てだったのか右隣から別のトングがかち合う。

「すみません。……って北川？」

視線を向けると見知った顔があった。

タイのあるブラウスに膝下までのややタイトなスカート、足元にはヒールのパンプスを合わせて、それにリュックを背負うといういつものオフィスカジュアルスタイルに身を包んだ元部下の北川伊吹がいた。

「センパイやっと気付いてくれましたね」

◇

ここで会ったのもなにかの縁なので、近くにある公園で一緒に食べることになった。

二人してベンチに腰掛けて休日の賑やかな風景を眺めながら、お互いの戦利品を取り出す。

「お、うまい」

クロワッサンの幾重にも重なった層がパリパリと音を立てて、バターの芳醇な香りが鼻を通り、小麦とバターの合わさった旨味がじゅわっと口いっぱいに広がる。

焼きたてだからこその食感と香り高い味なのだろう。

「ここのパン屋さん美味しいですよね」

「北川は前にも来たことあるのか？」

「はい、三、四回足を運んでいます。私パン屋さん巡りが趣味で、クロワッサンも良いですがここのパン・オ・ショコラが好きなんです」

北川はパン・オ・ショコラを口に運ぶと、「んー、おいしいっ」と顔を綻ばせて喜んでいた。

パンが好きなのが伝わる良い表情だった。

「今日は外せない予定があったので午前だけ休日出勤してたんですが、このパン目当てに

頑張ってたんです。そして、ここに来たらセンパイが居てびっくりしました。でも私のことに全然気付いてくれないんですもん」

「すまん、パン選びに夢中になってた」

「センパイって集中したら他のことが目に入らなくなりますもんね。真剣にパンを選んでる姿、子どもみたいで可愛(かわい)かったですよ？」

にやりと悪戯(いたずら)な表情を浮かべて北川がいう。

俺が可愛いなんてあるわけがない。

「それを言うなら北川だろ。宝物を前にした無邪気な子どもみたいで可愛かったぞ」

「な、な、なにを言ってるんですか！　からかわないでください！」

北川は顔を真っ赤にして猫目を鋭くする。

いや、先にからかってきたのはそっちだと思うが。

しかし、弾みとはいえ女性に軽々しく可愛いというのは良くなかったか。

「すまない、セクハラ案件だったな。もう言わないようにするよ」

「え、言ってくれないんですか？」

きょとんとした顔で見つめてくるので俺は言葉に詰まる。

「なんて、じょ、冗談です。でも私だから許したんですよ？　なので、私以外の人に言わない方がいいです」

「ああ、気をつける」

北川の心が広くて助かったなと安堵する。

それから北川は前髪をしきりに気にしながら俯いて呟いた。

「会うって分かってたらもっとオシャレしてくれば良かったな……」

もちろんそれは俺の耳に届いていたけれど、十分オシャレだから気にしなくていい、なんて言うとまた怒られてしまいそうなので口を噤んだ。

午前だけ休日出社したために服が勤務スタイルだったのが北川は快く思っていないらしい。周りが休日気分の中、自分だけ仕事着なのが浮いているようで嫌なのだろう。

ボウタイのブラウス、似合ってると思うんだけどな。

「そうだ、センパイはここに来るのは初めてですか？」

「ああ、家は近いんだが来たのは初めてだ。散策とか全然してなかったからな。それに最近は和食を作ってもらうことが多いから久々にパンを食べたよ」

「へ、へぇ……。そうなんですね」

北川がどこかぎこちなく返事する。

俺の食生活なんて聞いても返答に困るだけか。

「こうして休日のお昼過ぎにゆっくり過ごすのは気持ち良いな」

「センパイはこれまで休日にも頻繁に出社されていましたもんね……」

俺はこれまでの忙しかった日々を振り返る。

入社してから早く能力を上げようと休日でも出社していた。

プロジェクトを任されるようになったらそれはより加速した。働き方を見直し効率化を図っても、その分だけ仕事は降り注いできたからだ。

「どうだ、仕事は順調か？」

俺は既に外部の人間なので業務内容までは聞くことはしないが、それでも気になる。

「センパイがいなくなって本当に大変です……。今は全員で時間を割いてどうにか持ち堪えている状況です。センパイをクビにするなんて社長とはいえ許せません！　現場のこと全然分かってません！」

「落ち着いてくれ北川、ここは公園だ」

少々熱くなっていた北川を窘める。子どもがきょとんとした顔でこちらを見ていた。

聞いたのは自分だが相当思うところがあるらしい。

「――それで、今では私も一つプロジェクトを持たせてもらっています。まだ小さいプロジェクトですが、リーダーとして全体の指揮をとっていますよ」

それからも話を聞くと大変なのは変わりないが、概ね問題はなさそうだった。

結婚して俺が会社を離れることは想定して動いていた、それが前倒しになったようなものだろう。

これまで以上に仕事が増えたり、人手が減るのであればこの限りではないだろうが。

それにしても北川がリーダーか。責任感が強く真面目でたまに突っ走るところもあるが彼女は頼りになる。入社時に比べたら成長したな、と俺は嬉しくなる。

「センパイ私、頑張ってますよ。だから、その……褒めてください」

　突然の申し出に驚いたが、俺は言葉を返す。

「北川はすごく頑張ってるぞ」

　すると、北川は「全然足りないです」と不満気だった。言葉だけでは軽すぎるのかもしれない。

「そうだな……。今度ご飯でも奢ろうか？」

「それもとっても良いですが。違います」

　何をすれば満足行くのだろうと頭を捻っていると「頭撫でてください」という言葉が飛び込んできた。

「え？」

「だから……頭撫でて欲しいです」

　本人も恥ずかしいのだろう、少し声が震えていた。

　逡巡のあと、この前自分も寧々ちゃんに頭を撫でられて嬉しかったことを思い出して承諾する。

　社会人は褒められる機会が少ないって思ったばかりだった。

　そして、俺はさらりと流れるショートヘアの上に手を置き、そっと撫でる。

「センパイなにか別のこと考えながら撫でてませんか？」

「そんなことはない……」

いや、どうだろう。

撫でられた時の慈しむような寧々ちゃんの姿が頭に浮かんでいたかもしれない。

「労うように、私だけを考えて撫でてください」

「ん、分かったよ。北川は頑張った、えらいえらい」

目を細めて心地良さそうなその姿に、猫みたいだな、と微笑ましくなる。

時間にして数秒したところで手を離すと北川の目線が俺の手を追っていた。

ハッと我に帰った北川がこの空気を切り替えるべく、んん、と慣れない咳払いをした。

「センパイは最近どのように過ごされているんですか？」

俺が抜けて忙しくしている北川には悪いんだが、と前置きを挟む。

「自炊を始めたんだ。料理を教えてもらってる最中で、まだまだ下手だけど上達するのは楽しいな」

「へ、へぇ……教えてもらう……。センパイが下手なの想像できないです。なんでも出来るかと思ってました」

「そんなことないさ。これが失敗したやつで、これがリベンジした時のだ」と、撮っていた写真を見せる。

北川はそれを見て、うわ、真っ黒焦げじゃないですか、と目を丸くして驚いていた。

「だろ？　今はこれといった趣味はないから少しずつ料理を頑張っていこうと思う。今後どう生きるかは検討中だ」

「あの、もしセンパイが会社を立ち上げたりするなら言ってくださいね！　私、社員一号になるので！」

急に立ち上がって宣言をする勢いと真面目さに、良い部下を持ったものだな、と口元を緩める他なかった。

そしてパンも食べ終えた頃。おずおずと北川が申し出てきた。

「あの、センパイはこのあとご用事やご予定はございますか？」

「いや、このあと予定とかはないな。北川に言われた通りゆっくり過ごしてるさ」

「……センパイさえ良ければなんですが、今日一緒にパン屋さん回りませんか？」

なんだそんなことか、と妙に肩透かしを喰らった気分になりながら時間もあるし新発見もしたいということで、その誘いを快諾した。

◇

その後、北川おすすめのお店を何軒かハシゴしていたら夕陽が水平線を跨ごうとしていた。

「今日は急なお誘いに付き合ってくださりありがとうございました！」

北川が小柄な体を深く折っているのでより小さく見える。

いや、北川くらいが平均的なのだろうか？

「礼を言うのは俺の方だ。連れ立ってくれてありがとう。おかげでいろんなことを知れたよ」

北川は本当にパンに詳しく、好きなことを話しているためか沢山口が回っていて聞いていて飽きなかった。

「楽しんで頂けたのなら嬉しいです。それに、二人だと分け合えて多くの種類が食べられるからすっごく良いです！　良かったらまた一緒に回ってくれませんか？　行きたいところがまだまだあって……でも一人じゃ食べられる量が限られてるので……」

元上司の俺と貴重な休日を過ごすということになるが、実益を兼ねているということならその心配はなさそうだな。

「いいよ。その時はまた色々教えてくれると嬉しい」

「もちろんです。パンに関して言えば私がセンパイですね！」

「ああ、頼りにしてるぞ」

俺が真面目に言うものだから、北川は破顔する。俺もなんだか楽しくなって釣られて笑みが溢(あふ)れた。

「それじゃあ行くよ。俺は今のところ空いているから、いつでも連絡してきていいからな」

「はい！　なにか仕事で分からないことがあったり、おすすめのパン屋さんができたらご連絡します！　あ、そうだこれ」

北川はリュックの中から緑のリボンでラッピングされた小瓶を取り出した。

「それは……」

「センパイ、回っていたお店でこのアプリコットジャムを見て美味しそうって言ってたのでこっそり買っちゃいました。付き合ってくれたお礼にあげます」

「そんな、お礼なんていいのに。でもありがとう。明日のお昼にでも早速頂くよ」

それから北川は、それでは失礼します、と元気に言って去っていった。

手渡された小瓶は夕陽に溶けるような色をしていて、少しずつ日常が色づいていくのを感じた。

◇

ある日の朝。俺がお弁当を食べている横で寧々ちゃんは勉強をしていた。

「お義兄さん、ちょっといい？」

「どうした、寧々ちゃん」

俺に頼るなんて珍しいな。どれどれ、大学受験レベルならまだ忘れていないはずだ。

「この不等式を評価するところで詰まってて……」

すると、思いがけない質問がきた。

「えっとだな。これは連続関数で近似してから考えるといい。そうすると一点の値でその周辺の値も評価できるようになるから」

「なるほどね。たしかにうまくいきそう」

俺の回答に満足したようで、力が入っていた目元が緩まっていた。

しかし、寧々ちゃんの質問は続く。

「そもそも連続関数で近似できるとしていいのかなって気になったんだけど、そこって一般に保証されてるの？」

「あー、そこは……」

そこからさらに説明を加えていく。

「そう考えたらよかったんだ。ありがと」

「役に立てたならなによりだ」

いつもお弁当を持ってきてくれてお世話になっている寧々ちゃんの手助けができたようで嬉しい。

勉強だけはしてきた自信があるからな、こういうときに役立てないと。

それよりも寧々ちゃんが勉強している問題って難しすぎないか？　大学レベルでやるような内容なんだが。

「お義兄さんって、教えるの上手だね」

「そうか？　一応、教員免許なら持っているけど」

「え、そうだったんだ」

寧々ちゃんが意外そうに目をみはる。

「お義兄さんって私と同じ天ヶ峰高校出身だよね？　ってことはウチの学校に教育実習にきてたの？」

「ああ。もう五年も前のことになるけどな」

自分でいってそんなにも前になるのかと驚く。

少し懐かしいな。研究授業までの準備で慌ただしかった記憶が大半だが。

いや、そういえば、一人だけ熱心に教えを乞いにきていた生徒がいたな。

たしか……。

「じゃあお義兄さんって、先生だったんだ」

寧々ちゃんの声で俺の思考は戻る。

「先生というほどでもないさ。たった二週間だからな」

「それでも先生は先生だよ」

寧々ちゃんはこういうが、本業の人に申し訳ないので先生気取りをするつもりはない。

だが、学生からすればすごいことのように思えるのも頷ける。事実、高校生のときに見ていた教育実習生は大人びて見えたしな。

「ねえ、一ノ瀬先生」

耳元で囁くように声がする。吐息が耳を撫でて、背筋がぞわぞわと痺れる。

「寧々にいっぱい教えてください」

ときどき寧々ちゃんは目的語が抜けている。だから少し勘違いしてしまう。

その考えを振り払い、俺はいう。

「こら、大人をからかっちゃいけません」

「ふふ、怒られちゃった。本当に先生みたい」

寧々ちゃんは悪戯(いたずら)っぽく微笑む。

「あのなあ」

「じゃあ先生、次はこれ教えて？」

「これはだな……」

頼られることは嬉しいから、些細(ささい)なイタズラは水に流してしまう俺だった。

◇

あくる日の朝。

「ねえ、お義兄さん。あのアニメどこまでみた？」

「『俺義妹(おれいも)』だったよな。もう全部見たぞ」

「え、早いね。二期まであるのに」

「面白かったから一気見してしまった。それに時間だけはあるからな」

料理が趣味になりつつあったが、それだけでは長い一日の時間を使い切ることはできない。

贅沢な悩みではあるが。

そこで寧々ちゃんにおすすめの趣味はないかと聞いたら、アニメをすすめられたのだ。

原作の漫画も持ってきてくれて熱心に教えてくれる。

「じゃあ次は『お義兄さんだけど愛さえあれば問題ないよねっ』もいいよ！」

「そ、そうか。見てみるよ」

珍しく興奮気味に話す寧々ちゃんに気圧されつつも頷く。

アニメに詳しいお友達がいるそうで、その子に色々と教えてもらっているうちに寧々ちゃんもハマったそうだ。

偏見かもしれないが、最近はこんな今っぽい子もアニメを見るようになったのだなと驚いた。今っぽいという表現ももう古いか。

「俺が見てるやつでいうと『でかかわ』もいいなと思うぞ」

「え！　お義兄さん『でかかわ』みてるの⁉」

「ああ。ストーリーの起伏こそ少ないが、見ていて和むんだ」

「ふふ、和むだなんて。かわいいね」

「そうだよな。あのキャラたちが織りなす生活はかわいい」

こうして朝にアニメの話をしたりするのは楽しい。

俺はこれまで時間がなくてそういった文化に触れてこなかった。

そもそもアニメは自分とは縁遠いと思っていたのだが、これが意外と面白くて二十代後半にして目覚めつつある。

趣味はいくつあってもいいし、なにかを始めるのは何歳からでも遅くないように感じる。

家と職場の往復だけでは見えなかった世界が広がっていっているように思えた。

話が一段落して、俺はお弁当を食べ終え、寧々ちゃんは学校へ行く時間となった。

「お義兄さん、コーヒーちょうだい」

「どうぞ」

一度飲んで以来、寧々ちゃんは俺が飲んでいるコーヒーをひと口ねだる。

何回か新しいのを淹れるか聞いたが、そんなに多くはいらないらしい。

だから俺は寧々ちゃんのためにひと口だけ残すのがお決まりになっていた。

「うぅ、にが……」

飲んだあとに、苦い、というのもお決まりだった。

砂糖やミルクでもいれるか聞いても「そのままで飲むのが、好き」と、じっと目を見つめていわれた。

それは俺も分かる。なんの不純物も入っていないこの味がいいんだよな。

寧々ちゃんも分かってるなと、内心嬉しくなる。

「気になってたんだけどこのアプリコットジャムって前になかったよね？」

テーブルの上にある小瓶を指差して寧々ちゃんが尋ねてくる。

「それは前にパン屋巡りしたときに貰ったんだ。朝はお弁当があるからお昼にトーストとか食べるのに使ってる」

「へぇ……パン屋巡りなんてするんだ。意外だね」

「散歩してたら家の近所に良いパン屋を見つけて、そこでたまたま会社の元後輩に出くわしたんだ」

「会社の元後輩さんと……パン屋さん巡り……」

小瓶をじっと見つめて何やら考えごとをしている寧々ちゃんだった。

食べてみたいのだろうか？　それとも一緒にパン屋巡りがしたいのか？

聞いてみようと口を開きかけたそのとき。

「そういえばお義兄さん、今日は金曜日だよ」

「ああ、もうそんな曜日か」

話が変わったので俺はそれに合わせる。

まあ、また今度聞けば良いだろう。

「明日のこと忘れてないよね？」

「もちろんだ」

仕事をしていないと曜日感覚が鈍くなるので、世間とズレないように早起きしてニュースを見るような規則正しい生活を心がけている。

そして、明日の土曜日は寧々ちゃんの買い物に付き合うことになっている。

毎日お弁当を持ってきてもらったり、たまに料理を教えてもらっているのでそのお返しだ。

「ふん、ふふーん。楽しみだなぁ」

鼻歌を歌い左右に揺れて、やけに上機嫌な寧々ちゃんだった。

まあ、お義母さんのお願いでこんなおっさんに毎日お使いを頼まれているんだ、なにか見返りがないとやってられないだろう。

おそらく明日なにを買ってもらうか考えているに違いない。

しかし、お金持ちのお嬢様がなにを買うか見当もつかないな。

俺は明日のことを考えて、少し気を引き締めるのだった。

◇

「お義兄さん、それ似合ってる！　次はこれ、着てみて」

「わ、分かった」

俺は手渡された服をもって、更衣室のカーテンを閉め、寧々ちゃんに言われるがままに着替える。

俺たちは大型のショッピングモールに来ていた。朝、寧々ちゃんが迎えにきて、ここに連れてこられた。

昨日気を引き締めていたのはなんだったのか。

百貨店や路面店でブランドの服でもねだられるんじゃないかと思っていたけど、杞憂だったみたいだ。

そもそも寧々ちゃんは人になにかをねだるような女の子じゃない。自分のことは自分でしっかりとできるいい子なのに、俺はなにを構えていたんだ。

着替え終わった俺はカーテンを開けて、寧々ちゃんに見せる。

「どうかな」

「わ、こっちも似合ってる。カジュアルなのも良いけどモードっぽいのも似合うね」

ぱしゃりぱしゃり、とスマホで写真をさまざまな角度から撮られる。

かなり恥ずかしい。

「あの、寧々ちゃん？　写真撮りすぎじゃないか？」

俺は思わず尋ねる。

「そ、そんなことないよ。ほら、いろんな服を着たらどれがよかったか忘れちゃうでしょ？　あとで見返せるように残してるの」

そう答える寧々ちゃんは心なしかいつもより早口な気がした。

それにしても写真を撮ることにそんな理由があったのかと納得する。多く写真を撮ることでディテールなどの比較もしやすいのかもしれない。自分ひとりのときは鏡で見るしかできないから、客観的に検討できるのはいい方法だな。

寧々ちゃんはおしゃれだから服が好きなのだろう。俺にはない知識を持っていて感心する。

好きなものを語るときは早口になってしまうのも頷ける。

今日の寧々ちゃんはややカジュアルめな服を着ていた。

いつものチョーカーに、オフショルダーかつ着丈が短いスウェットにタイトなミニスカートにロングブーツ。着丈が短いためそこから細いウエストが見えていて、おへそにはピアスが光っていた。

少し露出が多い気がしたが、これくらいは普通だそうだ。実際にモールを歩いていると多くの女性が、肌見せファッションをしていた。

その中でも寧々ちゃんの存在感は圧倒的だった。俺の目から見ても頭ひとつ抜けているのが分かるくらいには。

寧々ちゃんは驚くほどの小顔だから同じ身長の人よりもスタイルがよい。ミニスカートから伸びた華奢(きゃしゃ)な足は陶器のように白くて綺麗(きれい)だった。

「お義兄(にい)さんどうしたの？」

「なんでもないよ」

寧々ちゃんを見ていた。なんていえば気持ち悪がられるだろう。

意識をしていなくても自然と目を惹(ひ)かれる美しさがあるから困る。

「そっか。じゃあ次はこの綺麗めの」

「寧々ちゃん待ってくれ」

俺が着替えているあいだに選んでいたのだろう新しい服をもった寧々ちゃんに、待ったをかける。

「なんかずっと俺の服を選んでないか？　今日は寧々ちゃんの買い物に付き合うんじゃなかったのか？」

「ん？　これが寧々の買い物だよ？　お義兄さんの服を選ぶの」

「え、聞いてないんだが」

「だって言ってないもん」

ふふ、と寧々ちゃんが悪戯に微笑む。

「お義兄さんには、寧々の着せ替え人形になってもらうね。一度してみたかったんだ、男の人の服を選ぶの」

そういうことか、本当に寧々ちゃんはファッションが好きなんだな。

スタイリストとかの職業につきたいのだろうか？

「だから最後まで付き合ってね？」

寧々ちゃんは、こてん、と首を傾げる。

俺としては、私服で過ごす機会が増えるだろうから選んでもらうのは願ったり叶ったりだ。ファッションに興味がないわけじゃないが、おしゃれな人に選んでもらったほうがいいことは分かる。

「ああ。寧々ちゃんの好きにしてくれ」

　それからいくつかのショップに入っては、俺は寧々ちゃんの着せ替え人形になるのだった。


「お義兄さん、寧々も持とうか？」

「ありがとう。でも大丈夫。全部俺のだからな」

　両手にたくさんの紙袋をぶらさげながら俺は歩いていた。

　これで今シーズンの私服には困らないだろう。

　そして、服だけじゃなくお皿も買った。

　流石(さすが)に自分のものばかり買うのも気が引けたので、寧々ちゃんになにか欲しいものはないかと聞くと「お皿がいい」といわれた。

　なんでも一緒に料理を作ったときにお洒落(しゃれ)なお皿に盛り付けたいとのことだった。

　二人でお皿を選ぶのはなかなか楽しかった。このお皿にはどんな料理を作るか、あの料理ならどんなお皿がいいかなんて話しながら数組見繕った。

　結局、俺のためのものを買うことになってしまったのだが。

「それにしても最近の服はなんでもオーバーサイズなんだな」

「うん。色々流行(はや)りはあるけど、基本はそうだね。お義兄さん身長高いから前は服えらび大変だったんじゃないの？」

　寧々ちゃんは俺の顔を見上げながらいう。

「そうだな。身幅で選ぶと袖が短いし、袖で選ぶとぶかぶかでだらしない感じになるんだ」

なまじ身長が百八十後半あるから困ることが多かった。

スーツからシャツまで納得のいくものにしようとすると必然的にオーダーになる。

「だから昨今の流行のおかげで助かったよ」

「でも、ただオーバーサイズを着たらおしゃれってわけじゃないから難しいよね」

そう、寧々ちゃんの言うとおりだった。

大きい服が多くなって選択肢は増えたけど、いいバランスを探さないといけないのには変わりない。

「そこは寧々ちゃんが俺に似合うものを客観的に選んでくれたから問題なかったよ。ありがとう」

「ううん、私が選びたかっただけだから」

そういいながらも、足取りが軽くなっている寧々ちゃんだった。自分の好きな分野を褒められると嬉しいんだろう。

「寧々としては、お義兄さんがちゃんと自分の好みをいってくれてよかった」

「まあ、自分が着るものだからな」

いろいろ着た中でどれが好きか選んで欲しいといわれたので、僭越ながら選ばせてもらった。

選んでもらったものを全て買うこともできたが、好みじゃないものを嫌々着るのは違うているものは自分でいし、なにより意見交換は大切だ。

「ただ、好みかそうじゃないかというだけで、寧々ちゃんが選んでくれたものは自分でいうのもなんだが似合ってたと思う」

「そうだよね！　お義兄さんはスタイル良いから選ぶの楽しかった」

ずずい、と寧々ちゃんが詰めよってくるので甘く優しい香りが鼻をくすぐる。

「そ、そうか。楽しんで頂けたようでなによりだ」

寧々ちゃんは距離を変えることなく続ける。

「あ、最近気づいたんだけどお義兄さんってちょっと猫背だよね？」

「なに、猫背になっていたか」

「うん、背が高いのにもったいないよ」

寧々ちゃんにいわれて姿勢を正す。

「昔住んでいたアパートがあまり大きくなくて、梁に頭をぶつけることが多かったからそれに合わせるように背中を曲げる癖がついてしまったんだ」

俺は頭をさすりながら、言い訳のように理由を話した。

「ずっと意識していたのにな。気を許すとうっかり昔に戻ってしまうんだ」

「気を許すと、ね。ふうん……」

なにか思うことのあるように寧々ちゃんは返事をする。

姿勢をずっと意識できない、だらしない人だと思われているのかもしれない。

「あれ、昔住んでたアパートって？　一ノ瀬家はアパートじゃないよね」

しまった。本当に気が緩んでいるのかもしれない。

前のこともある、寧々ちゃんに誤魔化しはきかないだろう。

「そうだな。そろそろお昼にしようと思っていたし、ご飯でも食べながら話そうか」


昼下がりのフードコート。

注文を済ませ、向かいあって席についていた。

どこから話したらいいか。どこまで話すべきか。頭を巡らせながら口を開く。

「昔アパートに住んでいたのは小学校高学年から大学卒業くらいまでかな」

寧々ちゃんは俺から一切視線を外さずに聞いている。

「当時は母と二人暮らしだったんだけど。うちは裕福じゃなくて狭いところしか借りられなかったから、よく頭をぶつけていたんだ」

昔話としてならここまでだ。でも寧々ちゃんが聞きたいのはそうじゃない。

口にはしていないが目がそう訴えている気がした。

「一ノ瀬家なのに裕福じゃないのは、俺が妾の子だからだよ」

がやがやとしたフードコートの、この空間だけが切り取られたかのように静寂が包む。

俺は淡々と話す。

屋敷でメイドとして働いていた母に父親であるあの人が言い寄り、恋愛関係に発展したそうだ。

ただの恋愛関係ならよかったがあの人には本妻がいた。

関係は密かに続いていたみたいだが、いつしか母はあの人との子を身籠ってしまう。それによって関係が発覚して、屋敷を追い出されひとりで生活をすることになった。

しかし、数年後、母は俺とともに連れ戻されることになる。

なぜなら、一ノ瀬家もまた男の血筋が跡を継ぐ家系で、本妻は俺の生まれる一年前に女の子をひとり産んだ後なかなか子宝に恵まれず跡継ぎ問題になったからだ。

藤咲家と違って外部から男を招きいれることは禁じていた。そこで苦肉の策として、あのとき妾が身籠っていた子はどうかと候補に挙がった。調査した結果、男だったと判明したというわけだ。

そして俺は教育のために友達と遊ぶことも禁じられて勉強やマナー、作法を徹底的に指導されることになる。

大変だったが母が喜んでくれるなら頑張ることができた。

状況が変わったのは俺が小学校高学年の頃、本妻はついに男の子を身籠った。

そこで俺はお払い箱になって家を追い出されるというわけだ。

「あの地獄のような環境から抜け出して、また母と二人で住めるようになって嬉しかったことを覚えているよ」

俺は努めて明るくいう。そこからも様々なことがあったのだが、ひとまずここまででいいだろう。

「そうだったんだね、色々話してくれてありがとう……」

寧々ちゃんはいまにも泣き出しそうなのを必死で堪(こら)えているようだった。瞳(ひとみ)が潤んで、涙が溢(あふ)れそうになっている。

それでも耐えているのは、泣いてしまえば同情したことになってしまうから。

俺をかわいそうな人にしないためだろう。本当にいい子だ。

「気にしなくていい。むしろ、こんな重い話聞かせてごめん」

――ピピピピ、ピピピピ、ピピピピ

突如、手元にある呼び出しベルが鳴る。

「できあがったみたいだし、俺取ってくるよ」

寧々ちゃんを残して、俺はその場から離れた。

「お義兄さん、ありがと」

「どういたしまして」

料理を取ってきた俺に寧々ちゃんは労(ねぎら)いの言葉をかけてくれる。

声色が明るくなっており、さっきまでの雰囲気はない。

寧々ちゃんの目元が赤いが、それについては触れない方がいいだろう。

「いただきます」

俺たちが食べているのは鉄板の真ん中に白米が盛られて、上にはコーンとねぎ、その周りを肉が取り囲んでいるご飯だった。

高校生のとき恭平に連れられて一度食べて以来だな。

ひと口食べて、こんなにも塩胡椒や味のパンチが強かったのかと思う。

クセになる美味しさだが毎日は食べられないな、あの頃はなにも気にせず食べられたのに。

「寧々ちゃんに聞きたいことがあるんだけど、いいか？」

「ん？　いいよ。なんでも聞いて」

なんでもは聞くつもりはないけれど、承諾はもらえたみたいだ。

「寧々ちゃんって、その……感覚が庶民的だよな。スーパーのときも思ったけど、今だってこうしてフードコートで一緒にごはん食べてるし」

藤咲家は一ノ瀬家よりも資産があって、寧々ちゃんは俺とは違いそこでちゃんと育てられている。

なのに、世間と感覚がズレていないのが気になっていた。

「え、なんだ。そんなことかあ……」

　意外な質問が来たようで、少し拍子抜けしているようだった。

　なにを聞かれると思っていたんだろう。

「私も前はこういうところ来たことなかったよ。みんなが想像するお金持ちの生活をしてたかな。それが天ヶ峰高校に入学してから変わったの」

　寧々ちゃんは中学校まではお嬢様学校に通っていたと聞いている。

　天ヶ峰高校は偏差値が高くいろんな人が集まるが、公立高校だから基本的には一般的な家庭の子たちが通っている。

　そこで友達ができて少しずつ世間一般的な常識が身についてきたのだろうか。

「寧々ちゃんはバイトもしてるって言ってたよな、しっかり働いてて偉いね」

「ううん、全然普通だよ。みんなしてるし」

　手のひらを俺に向けて、そんなところ褒めないでよ、とばかりにぶんぶんと振る。

「バイトし始めは大変だったけど、今ではやっててよかったなって思うの。一時間で貰えるお金が分かって、そこから物価が見えてきて、お父さんがすごい人でこの生活は当たり前じゃないって知れたから」

　すごい。ここまで考えて感じ取れるのは寧々ちゃんが素直だからだろう。

「そういえば、寧々ちゃんってなんのバイトしてるんだ？」

「えっと……カフェというかレトロ喫茶店かな？」

　レトロ喫茶店？

あまり聞きなれない言葉に興味がそそられる。最近はいろんなことに興味を持てるようになった。

「時間もあるし、今度行ってみようかな」

「え……」

寧々ちゃんは目をぱちくりとさせる、踏み込みすぎたかもしれない。

「すまない、やっぱりやめておこうか」

「ううん、ちょっとびっくりしちゃっただけ。来てもいいよ？　むしろ来てほしいな」

「本当か？　じゃあお店の名前を教えてくれないか」

「うん。『下弦の月(かげんのつき)』って言ってね——」

そこからは寧々ちゃんのバイト先や学校での友達の話、俺の高校のときの話などをして盛り上がるのだった。

◇

ひとしきりモール内を見終えた俺たちは、そろそろ帰ろうとしていた。

「あーあ、楽しかったなー」

「今日はありがとう」

「寧々の買い物に付き合ってもらったんだよ？　ありがとうをいうのは寧々の方だよ」

いや、ほとんど俺の買い物だったが。

「でも、ひとつだけ心残りがあるの」

「ああ、あれか……」

俺はゲームセンターでの一幕を思い出す。

歩き回っているときにクレーンゲームの前を通ったとき、なんとあれがいたのだ。

「『でかかわ』お持ち帰りしたかったのに……残念」

しゅんと、うつむいて口を尖らせる寧々ちゃんだった。

「何度やっても取れなかったな」

寧々ちゃんは来たことはあるが友達のを見るだけでプレイしたことはないらしく、俺も同じようなものだった。

初心者二人で頑張ったのだがビクともしなかった。可愛いはずの『でかかわ』の顔が小憎たらしく映った。

見かねた店員さんが位置をズラそうとしてくれたのだが、それは違う、と二人の意見が一致して断った。まあ、取れずじまいで諦めることになったのだが。

「また次だな」

「え、次があるの？」

寧々ちゃんの顔が、ぱあっと明るくなる。

「ああ、次は取ってみせるよ」

「やった」

よっぽど『でかかわ』のぬいぐるみが欲しいんだろう。

寧々ちゃんはぎゅっとガッツポーズをしていた。


「一ノ瀬先生！」

突如、名前を呼ばれた。

先生？　寧々ちゃんがふざけて呼んできたのかと思ったが、声が違う。

あたりを見回すが呼んだとおぼしき人物が見当たらない。

「一ノ瀬先生！　下ですよ～！」

下を見れば小さい子がぴょんぴょんとジャンプしていた。

中学生、いや、小学生くらいだろうか。俺を先生かなにかと間違えているのかもしれない。

「えっと迷子センターならあっちだが……。一緒に行こうか？」

「違いますよ～、私こどもじゃありません！　私です、覚えてませんか？　小日向有希です」

小動物のような女の子、そして陽だまりのような彼女の明るさに似合っている名前で思い出す。

「君は、俺が教育実習のときに受け持ったクラスの小日向さんか？」

「そうです、そうです～！　覚えてくれて嬉しいです。あ、急に話しかけてお邪魔してしまってすみません！　お隣の方は彼女さんですか？　それともお嫁さんですか？」

「お嫁さんです」

寧々ちゃんは真顔でいう。

「こら、そんな冗談いうんじゃない。彼女でもお嫁さんでもないよ。彼女もいないし、結婚もしていないからな」

ここはきっちりと否定する。最近、寧々ちゃんはおふざけが過ぎる気がするぞ。

「ちょっと、お義兄さん」

「あー、妹さんでしたか」

ほっ、と小日向さんは胸を撫でおろしていた。

そして寧々ちゃんの顔をまじまじと見つめて目を見開く。

「って藤咲さんじゃないですか！」

みぎゃー、と小日向さんが手を上げて驚く。相変わらず騒がしい子だな。

「寧々ちゃん知り合いか？」

「しらない……」

ふるふる、と寧々ちゃんは首を振る。

「しらないじゃないですよ！　私、藤咲さんの担任ですよ⁉」

なに、小日向さんが寧々ちゃんの担任だと。

世間は狭いな。

「え、でも藤咲さんと一ノ瀬先生、苗字違いますよね……。それに一ノ瀬先生は結婚してないのに。妹さん？」

「まあ、ちょっと色々あってね」

「わわ、詮索してしまってすみません！」

俺の微妙な様子に、ぺこぺこと何度も頭を下げる小日向さんだった。

その後、連絡先を聞かれたので交換した。

去り際に小日向さんはつまずいてこけていた。そして、知らないおばあちゃんに飴を渡されていた。やっぱり子どもにしか見えない。

寧々ちゃんは解散するまでむすっとしていた。

俺はなにかしてしまったのだろうか。

ぬいぐるみが取れなかっただけではこうはならないはずだ……。

ひとりになった帰り道。小日向さんの反応を思い出す。

世間からすれば、寧々ちゃんは俺の義妹じゃなくて、俺は寧々ちゃんのお義兄さんではない。

なら、なんの繋がりもない赤の他人か？

俺もそうなると思っていた。でも違う。

じゃあ、今の関係はなんなのだろう？

考えても答えはでなかった。

両手の荷物がやけに重く感じたのは、きっと歩き回って疲れたからだ。

◇

高級ホテルのラウンジ、十分な広さと高級な調度品からなる贅沢な空間には落ち着いた時間が流れていた。

「この度は御足労頂きありがとうございます」

「何を言ってるんだい新くん、それを言うのはこちらの方だ」

俺は藤咲誠司さんとテーブルを挟み、向かい合って座っていた。

誠司さんは続けていう。

「新くん、いや、一ノ瀬新さん。この度は御足労頂き誠に感謝しています。そして、この度は娘が君に大変な失礼を働いたこと深くお詫び申し上げます」

「そんな、頭をお上げください」

テーブルに額が付かんばかりに頭を下げられるので俺は慌てて立ち上がる。

もしもテーブルや他の視線がなければより深く頭を下げていたであろうことは勢いから想像に難くない。

「本当にすまなかった」

「ですから、謝罪なら式当日にしっかりとお受けしました。なのでどうか……」

場所柄的に表立って注目されることはないが、この席だけ雰囲気が違うのは明白だった。大会社の藤咲グループのトップが二十代後半の若造に頭を下げているのだ、当然そうなる。

「本日は謝罪を受けるためにここに来たわけではありません、今後の取り決めのために来たんです」

そう、この場は謝罪の場ではない。

以前式にかかった費用や公衆の面前で受けた精神的苦痛による慰謝料などを支払うと約束されたので、それについて書面のやり取りを交わしに来たのだ。

「そうだったね。では、こちらが弁護士から預かっている書類だ」

誠司さんは革の鞄(かばん)から書類を取り出してテーブルに並べた。その内容を一から読み合わせたところで誠司さんがいう。

「お金の問題ではないのは分かってるが新くんが受け取ってくれるならこれ以上の額を用意する。新くんさえ良ければ我が社でそれなりのポストを用意することだってできる」

お金を支払うことで赦(ゆる)されようと必死になっている訳ではないのが痛いほど分かる。だが、こういう場合お金しかないというのもまた仕方のないことだった。

「前にもお伝えしましたが法律で決められている以上の額はお受け取り致しません」

提示された金額は少なくない額だ。

これすら受け取っていいものか悩むが、ここは大人の場であり、いいですよ、そうですか、とはいかない。

受け取る決断をすることがお互いにとって通過儀礼になるだろう。

「そうか……。訊くが、姫乃を訴えなくて本当にいいのかね」

その言葉を絞り出すのは父親である誠司さんにとっては心苦しいものがあるだろう。

侮辱罪は親告罪でこちらから訴えなければ罪には問われない。

だから俺が受け取るのはあくまでも挙式までにかかった費用だけだった。ただマイナスがゼロになるだけ、それで良い。

「元はといえば俺が姫乃さんを繋ぎ止めることが出来なかったことが原因なのですから」

「いや、それは違う！」

いつも人の心に寄り添ってくれる誠司さんが俺をかばって否定してくれているが、俺は図々しくも言葉を続ける。

「残念ながら、結果的にそうなんです……。あの場で姫乃さんが言っていた真実の愛とは何か、自分にはまだ分かりません。姫乃さんとは政略的な婚約ではありましたが、結婚して共に生活する上で愛が芽生えて育む未来もあったかもしれません。だけど俺は選ばれなかった。彼女の人生に必要なかった」

――それが事実であり、真実なんです。

「非常に辛い出来事でした。しかし、今は肩の荷が降りたような軽やかで前向きな気持ちなんです。まさに第二の人生を歩き出したような、そんな心境です」

言い切って、長々と失礼しました、と頭を下げると誠司さんは重々しく口を開いた。

「分かった。それが君の答えなんだね」

長い沈黙がこの場を支配する。

藤咲家との事務的な手続きは一通りこれで終わる。

「……名残惜しくなるよ」

小さなため息のあと、自然と溢れたような誠司さんの言葉に嘘偽りは感じられなかった。

「そのお言葉だけで大変嬉しいです。ありがとうございます」

最後に、俺は言おうとしていたことを思い出す。

誠司さんの伴侶である智子さんがお弁当を作り、寧々ちゃんがそれを持ってきているこ
とだ。

もしかしたら誠司さんの計らいもあるかもしれない。そうであればそのことに感謝を伝えるべく口を開こうとしたそのとき。

「藤咲様」

突如、ホテルのスタッフに声をかけられる。その手には電話を携えていた。

「今は大事な話をしているんだ、すまないが割り込まないでくれるか」

それを誠司さんはにべもなく断る。その声は俺と話していた時とは違う、腹の底に冷たく響くような声だった。

スタッフが気の毒に思えたので俺は助け舟を出す。

「俺のことはお気になさらずに頂いて構いません、書面で確認して概ね決まりましたので。それに誠司さんはご多忙の身でしょう、何か火急のご連絡かもしれません」

娘の謝罪のためとはいえ俺に時間を割いてくれているだけすごいことだ。

それにタイムスケジュールは分刻みだろう。それを理解できないほど俺は馬鹿ではない。

「……そうか、ありがとう。しかし、この時間は秘書にも連絡するなと言っていたはずなんだが」

誠司さんはどこか解せない表情だった。恐らく俺と会う際、律儀にスマホの電源を切っており連絡できない状況にしていたのだろう。

そのためホテルのスタッフを寄越したのだ、ということはよっぽどのことではないだろうか。

「どうした私だ。なに、姫乃があの男と家を訪ねてきているだと」

いつも落ち着いた誠司さんの声が少しだけ大きくなる。それはラウンジを満たすほどではなかったが、目の前にいる俺に届くには十分だった。

俺は誠司さんにどうぞ行ってください、と目で訴える。誠司さんは少し間を置いて、深く息をついた。

「分かった、今から向かうから応接室で待たせておいてくれ」

そして電話をスタッフへ返すと誠司さんは立ち上がりいう。

「こんな形になってしまい本当にすまない。何から何まで本当に迷惑をかけたね」

「いえ、お気になさらないでください。これまでお世話になりました、本当にありがとうございました」

俺は立ち上がり礼をする。

誠司さんは複雑そうな表情を一瞬浮かべたが、すぐに社長としての威厳のある顔に戻して去っていった。

閑話　元婚約者side③

Hanayome wo ryakudatsu sareta oreha tada heion ni kurashitai

藤咲家の応接室。

当主である誠司は椅子に深く腰掛けていた。

「俺たちは真実の愛をみつけたんです。だから姫乃さんと結婚させてください！」

「私、湊くんと一生涯ともに過ごしていくの！　だからお願いお父さん！」

湊と姫乃は必死になって、目の前にいる父、誠司を説得していた。

しかし、自分たちの愛がどれほど大切か、どれだけ想いあっているかをうるさいくらいに伝えていただけだった。

謝罪は出会ってひとこと「すみませんでした！」と、いったきり。

しばらく聞くことに徹していた誠司は、静かにその口を開く。

「もういい、分かった」

「本当ですか！　良かった……」

「ありがとう、お父さん……」

湊は安堵し、姫乃は感激のあまり泣きそうになっていた。

「分かったから、二人ともその口を閉じていろ」

低く響く声が応接室を満たし、聞くものに威圧感を与える。大企業の社長の言葉は、えも言えぬ迫力があった。

ひっ、と二人は息をのむ。二人は幸せな雰囲気から、一気に絶望へと転落する。

「勘違いしているようだが。私は二人の結婚のことなぞ、どうだっていい」

「んなっ！　なんでですか！」

「お父さんどういうこと！」

「黙れ」

二人はビクッと肩を震わせて、ようやく静かになる。

「先にいっておくが姫乃、お前はもう家族ではない。人を裏切るような犯罪者を藤咲家の人間として認めるわけにいかない」

鋭い眼光が姫乃を射抜く。いつもの父とは違った様子に姫乃は肩を震わせていた。

お前、なんていわれたことも初めてだった。それもそのはず、家族の前で見せる顔と普段の経営者としての顔は違う。この態度がすでに家族ではないことを強調していた。

「それを踏まえてだが、他人である姫乃とそこの君、二人の結婚はどうでもいいというわけだ」

誠司は感情を押し殺すように静かに続ける。

「私のところに謝りに来たという姿勢は認めよう。しかし、来るのがいくらなんでも遅すぎないか？　普通なら当日、遅くとも次の日には訪問すべきだろう」

「それは……！」

「答えなくていい」

湊がなにか言いかけたが、誠司はそれを制す。

「理由はどうあれ事実は変わらない。それが姫乃と君を物語っている。来たら来たで菓子折りのひとつもないし、おまけに私服で現れる始末。わけの分からない文字の書かれたTシャツは私を馬鹿にしているとしか思えない。そして、君たちがしたことは多くの人に迷惑をかけた。私にだけ謝っても最初から意味がないんだ」

誠司はそこで話を区切る。湊と姫乃は困惑の表情を浮かべていた。

「自分たちがなにをしでかしたのか分かっていないようだ。では、今から説明しよう」

誠司は感情的ではなく、ただ淡々と話を詰めていく。

「まず姫乃、お前は婚約破棄をした。相手の合意や正当な理由なく一方的に婚約を取り消すことは婚約破棄にあたる。その場合、それまでに掛かった費用を相手に慰謝料として支払う必要がある。この場合は結納金や挙式などに掛かったお金などだ」

「そんな！　女性でも慰謝料を払う必要があるの⁉」

慰謝料と聞いて姫乃は堪らず叫ぶ。誠司は心底呆れたようにため息をついた。

「慰謝料を支払うことに性別は関係ない。伸び伸びと育てたつもりでいたが私は教育を間違っていたみたいだ。こんな子を新くんに嫁がせなくてよかったと今なら思うよ。姫乃、お前がしたことはまだ他にもある。それは大勢の前で新くんを侮辱したことだ。婚約破棄は犯罪ではないが、人を辱めることは侮辱罪といって立派な犯罪だ。つまりお前は犯罪者であるということだ」

「う……そ……」

「侮辱罪は親告罪にあたる、新くん本人からでないと訴えられない。だけど彼のことだから刑事告訴をすることはないだろう。だからこそ、私がお前を許すわけにはいかない。お前を家族と認めるわけにはいかないんだ」

犯罪者だと突きつけられた姫乃は、呆然(ぼうぜん)としていた。

「次に君だが」

「君じゃなくて、湊といいます」

「もう会うことのない人間の名前を覚える必要はない。君も同じく新くんを侮辱をしていたな。本当に許せないよ」

冷静に見える誠司だったが、声にはたしかな怒気をはらんでいた。

「他にも結婚式場からすれば建造物侵入罪、いわゆる不法侵入。そして業務を妨害したことによる業務妨害罪。出て行くときに扉を壊していったことによる器物破損罪。まだある。取り押さえようとした警備員を突き飛ばしていたね、彼がどうなったか知っているかい？突き飛ばされた拍子に手をついてしまって骨折したそうだ。つまり、傷害罪だ」

追い詰められた湊は血の気が引いて顔が真っ青になっていた。

最初の威勢はどこにもない。

「結婚式場と警備員から告訴状は提出されているはずだ。近々君の下へ警察が行くだろう」

「け、警察っ……⁉」

「なにを驚いているんだ。犯罪行為をしたんだ、当たり前だろう」

誠司は式場や警備員への弁護士の斡旋をして、湊を追い込む手配は済ませていた。

「でも、俺は……ただ、姫乃と結婚したくて……」

「それで結婚式当日に挙式に乗り込んで来たというわけか。馬鹿馬鹿しいにもほどがある。ならなぜもっと早くに姫乃のもとへ現れて想いを伝えなかった？　機会はいくらでもあったはずだ。なぜ、挙式当日を選んだ？　挙式当日になって自分の気持ちに気づくなんて馬鹿げてる。心のどこかで当日に花嫁略奪をすれば劇的だろうと、そんな自分を想像して酔っていたに他ならない。そんな身勝手な行動が彼を酷く傷つけたんだ」

誠司は強く言い放つ。

「話は終わりだ、出ていけ。そして二度と姿を見せるな」

完膚なきまでに言い負かされた二人はなにも言い返すことができないでいた。

しばらくして、力なく立ち上がり、うなだれながら部屋をあとにした。

誠司は立ちあがり、窓に向かって歩いていく。

ずっと話を聞いていたが、二人は自分たちの愛がどれだけのものかを語ることに重きを置いていた。謝罪なんて二の次だ。

愛さえあれば誰もが祝福してくれて当然かのように振る舞っている姿に心底呆れたよ。

それに私への謝罪はあれど、自分たちがしたことの重大さを理解していないままの謝罪なんてないも同然だ。

そして、新くんへの謝罪は一切なかったことが本当に許せなかった。

だから少々熱くなってしまったよ。


経営会議でも常に冷静な誠司だったが、誰かのことを想ってこんなにも熱くなるのは珍しいことだった。

式の後に私も処理のために奔走したが、あの時の新くんに比べたらどうってことはない。

誠司はひとりで全てを抱え込み、対応していた新の姿を思いだす。

新くんには後継ぎになってほしいと本気で思っていたんだよ。時々、この藤咲家という柵が煩わしくなる時があるよ。


そうだ、寧々と一緒になってくれれば……いや、この考えはよそう。

彼には彼の幸せがあるのだから。

そして、今日来たあの男は調べれば調べるほど、ろくでもない男だった。

勤め先に圧力をかけて職を失わせる案もあったのだが、そもそもあいつは職に就いてはおらず、大学を卒業してからなにもせず完全な脛かじりだった。

周囲には自分はなにか大きなことをすると、普通のことはしたくないと触れ回っていたそうだ。

学生時代に体育祭や文化祭などで活躍していたそうだが、所詮学生時代の栄光だ。

大抵は努力もせずにそこそこ上手くいく人生を歩んできたのだろう。

社会人になってからの方が人生は長い。自分を特別だと誤認し、努力しない人間に成功はない。

今回の件はあいつのご両親にも通達がいっている。そろそろ海外から戻ってくるころだ。あとは司法と向こうのご両親に委ねようではないか。

誠司は小さくほくそ笑む。

それにしても真実の愛だなんだとしきりにいっていたな。私の見立てではそれが覚めるのは時間の問題だ。

子どもの頃の約束は一見尊く思えるが実際のところはなにもないに等しい。約束は交わすだけでなく、それを守るために努力を続けて初めて果たされるのだ。

「見せかけの愛がなくなったとき、二人に残るものはあるのだろうか」

屋敷をあとにする二人の丸まった背中を見下ろしながら、誠司は呟くのだった。

幕間　寧々side③

Hanayome wo ryakudatsu sareta oreha tada heion ni kurashitai

天ヶ峰(あまがみね)高等学校、三年A組の教室。

「えへへ」

休憩時間。寧々はスマホを眺めていた。みているのはもちろん新(あらた)との自撮りだ。新が肉じゃがを煮詰めている横でちゃっかり撮っていたのだ。

二人でお揃(そろ)いのエプロンつけて一緒に料理するなんて、ほんとに楽しかったな。あれから何度も見返しちゃう。

すると突然、寧々とスマホのあいだをピンク色のツインテールが割って入る。

「あー！　寧々ちが写真みてにやけてるー！」

「え？　にやけてないんだけど」

美羽(みう)に指摘されて、いつものように無表情を作ろうとする寧々だったが、その口元はによによしていた。

「あはは！　寧々、ぜんぜん隠しきれてないからっ！」

その様子に陽葵(ひまり)は大声で笑う。そのたびに金色の巻き髪と大きな胸が揺れていた。

「二人とも声大きい」

「寧々ち、照れてるなー？」

「そんなことない」

ぷくっと頬を膨らまして怒ってるアピールをする寧々。

「ねえ、私らにも写真みせてよ」

「美羽もみたい、みたい！」

「どうしよっかな」

寧々は悩ましげに首を傾げる。

「ねーねー、一緒に服選んであげったしょ？」

「そだよー！」

「そだね……あの時はありがと。じゃあ、みせる」

もったいぶった寧々だったが女子高生特有のみせあいっこに憧れがあり、本当はみせたかったのだ。

「うっわ、寧々可愛すぎん？　攻撃力たっか。あのワンピースにしてやっぱ正解だったわ、上からエプロンつけても背中出てるから魅力そのまんまだし」

「あれ、なかなか効いてたと思う」

寧々はあの日のことを振り返る。

新さん、少し上をみて目を逸らしてるんだもん。あれは意識してくれてたってことだよ他の人にみえないように隠してくれてたし、優しさが伝わってきてとっても嬉しかった。

ちゃんとみてっていったら顔赤くしちゃって、ほんとかわいい。

「寧々ち、ぎゃんかわだよー！　てか、お隣のおにいさんクール系イケメンじゃん！　寧々ちと比べても背もめちゃ高いしスタイルよ！」

「うん、かっこいいでしょ？」

スーツもかっこよかったけど、エプロンも料理ができる家庭的な感じがして最高。
はあ、かっこよすぎる。

「あちゃ、これはかんっぜんに恋する女の子の顔してるわ」

写真をみながらぽーっとしている寧々に陽葵はわざとらしく肩をすくめる。

「てか、これってもう新婚さんじゃん！」

美羽の発言に寧々の意識は戻されて、顔をぎゅんと美羽の方を向ける。

「し、新婚さん？」

「そだよ！　だって一緒のエプロン着て、一緒に料理するなんてどうみても新婚さんでしよー？」

「え、そうかな？」

「そうだって！　私も思う！」

陽葵も後押しをする。

「そうかな〜？」

そういいつつ、体を揺らしながら、にやけっぱなしの寧々だった。

「なにこのかわいい生き物」

「お持ち帰りしたいんですけど」

陽葵と美羽はでれでれになっている寧々を目に焼きつけていた。そして、あとでからかおうと決めたのだった。

この様子をみた男子生徒たちは、藤咲さんに彼氏ができたのでは?! と阿鼻叫喚に包まれるが寧々には関係のないことだった。

◆

新と買い物をした、その日の夜。

天蓋つきのベッドのうえで寧々は横になりながら思い出にひたっていた。

新さんの服を選ぶの楽しかったな。背が高いからなんでも似合っちゃうし。超かっこいい。

写真もいっぱい撮っちゃったけど、変に思われてないかな？

スマホにはさまざまな服を着ている新の写真が並んでいた。服を比較するために撮ったはずだったが、それにしては顔のアップが多めだった。

本人は目つきがキツくて威圧感を与えるからって気にしてメガネ掛けてるけど、外した方が新さんの切長の目がみえてかっこいいのに。

でも外したら外したで新さんのかっこよさがみんなにバレちゃうのかな。

「それはなんだか嫌だな」

たくさんの女性が新を囲んでかっこいいといっているシーンを想像して、寧々は少し落ち込んだ。

お家では裸眼だから寧々だけにみせる特別な姿ってことで、独り占めしてていいよね？

新にはメガネのままでいてもらおうと思い至る寧々だった。

そして今日は新さんの秘密を教えてもらった日。

家族の話をしないから仲が悪いのかなって思っていたけど、そんななま易しい理由じゃなかった。

あの日、新さんのお父さんが怒鳴りつけていた言葉の意味も少しわかった。なんでもないように話すその姿に胸がきゅっと締め付けられた。

お父さんやお母さんもこのことを知ってたんだろうな。

私に話す理由もないし仕方ないことなんだけど、また寧々だけ子ども扱いされたんだといじけそうになっちゃった。こういうところがまだまだ子どもなんだろうな。

でも、今回は新さんからちゃんと話してくれた。少しずつだけど寧々のこと信頼してくれてるってことなのかな？　そうだと嬉しい。

　まだまだ知らないことはたくさんあるけど、ちょっとずつ知っていけたらいいな。

　知らないことと考えて、あることを思い出した寧々はベッドから勢いよく起き上がる。

　小日向先生が少しのあいだでも新さんの元生徒だったなんて。

「そんなの聞いてない……！」

　つい、大きな声をだしてしまった寧々は口元を両手でおさえる。


　え、じゃあ小日向先生って、新さんが教壇に立って授業してるところみたことあるんだよね。

　スーツ姿で黒板に数式を書いている新を頭に思い浮かべる。

　きゃっ、と悶絶したあと、めらめらと嫉妬の感情がわいてくるのだった。

「いいな……羨ましいな……」

　それに小日向先生ちゃっかり連絡先きいてたし、なんなの。新さんも新さんで普通に教えちゃうし、もう！

　小日向先生あの感じだと新さんのこと気になってるよね。新さんと久々に再会して目がきらきらしてたもん。

　女の勘というやつか、同じ感情を持った相手のことはなんとなく察することができるのだった。

　どうしようと頭を悩ませた寧々に妙案がおりてくる。

次に学校に登校する日、寧々はあることをしようと決意するのだった。

「小日向先生には負けない」

ふんす、とやる気をあらわにする寧々だった。

5章 Chapter 5

＊＊＊

Hanayome wo ryakudatsu sareta oreha tada heion ni kurashitai

『お義兄さん、おはよ』

「うん、おはよう」

いつものようにドアホン越しに挨拶を交わす。

だけど、今日の寧々ちゃんはどこか元気のないように思えた。

「おじゃまします」

「どうぞ」

やっぱりいつもと違う気がする。昨日の帰り、むすっとしてたから機嫌がよくないのかもしれない。

それでもこうしてお弁当を届けてくれるのは、どうしてだろう。

「寧々ちゃん元気ないんじゃないのか。大丈夫か？」

「……充電させて」

俺の問いかけには答えない。これは本格的に怒らせてしまったのか。けれども心当たりがない。

ここで追及してもよくない方向に進みそうだったので、俺は寧々ちゃんのお願いをきくことにした。充電といえばスマホだろう。

「スマホの充電器ならあそこにあるから自由に使ってくれていい」

「ありがと」

寧々ちゃんはとことこと充電器まで向かって、コードをスマホにさしてから戻ってきた。

俺は渡されたお弁当をテーブルに広げる。

「いただきます」

お弁当のメインのおかずはさわらの西京焼きだった。今日も丁寧に作られていて人の温もりが感じられて美味しかった。

しかし、今日は会話が少ない気がした。俺も寧々ちゃんもすごく喋る方じゃないのだがやけに静かだ。

「ごちそうさま」

「おそまつさまでした」

これもお馴染みのやりとりになりつつある。

少しの沈黙のあと、寧々ちゃんが口を開く。

「お義兄さん、ちょっといい？」

ついに来たか。

「ネクタイ貸してほしいんだけど……」

俺は怒られるかもしれないと身構えていたが、続く言葉は予想外の内容で拍子抜けする。

「ネクタイ？」

こくり、と寧々ちゃんは頷く。

よく見ればいつもしているリボンがなく、首元がすっきりしていた。俺がリボンを持ってないと判断してネクタイで代用しようというわけか。

もしかして寧々ちゃんは忘れ物をしたから落ち込んでいたのか？

機嫌が悪いんじゃなくてよかった、と胸を撫でおろす。

「ネクタイならあるよ。でも学校指定じゃないんだが、それでもいいか？」

「うん、ネクタイならなんでも。でも高校のネクタイがあればそれが一番いいな」

「分かった、探してくるよ」

落ち込んでいる寧々ちゃんを励ましてあげるため、俺は探しに向かう。

恐らくクローゼットの奥の段ボールに眠っているはずだ。

「寧々ちゃんお待たせ。あったよ、天ヶ峰高校のネクタイ」

「え、ほんとにあったの？」

「ああ、俺は昔から物持ちがいいんだ。そう簡単に捨てたりしないよ」

「それはとってもいいことだね。お義兄さん、探してくれてありがと」

「どういたしまして」

いいながらネクタイを手渡すと、やった、と寧々ちゃんの顔色が明るくなった。

寧々ちゃんは席を離れて鏡の前に立つ。そこでネクタイを結ぼうと首にあてがっていたがなかなか結べないでいた。

そうか、これまでリボンだからネクタイを結んだことないのか。

「貸してごらん」

見かねた俺は寧々ちゃんのそばまでいきネクタイを拝借する。

そして、寧々ちゃんの前で少しかがむと、ほぼ目線が同じになる。

高校生だからプレーンノットでいいだろう、とネクタイを結ぼうとしたのだが結べはするものの納得のいく形にならない。

「前からだといまいち上手くいかないな……ちょっと失礼するね」

そう言って俺は寧々ちゃんの後ろに回り込み、首に手を回す。これならいつも自分で結んでいるのと変わらないように結べるはずだ。

幾度となく繰り返してきた作業。ネクタイは堅苦しくて苦手な人もいるが俺は案外好きだったりする。

「よし、できた」

鏡越しにネクタイを見る。うん、ディンプルが綺麗で我ながらばっちりだ。

「どうだ、苦しくないか？」

「……苦しい」

首だけで振り返る寧々ちゃんの顔はとても赤くなっていた。

その様子に俺が慌ててネクタイを緩めると、寧々ちゃんは胸をおさえてゆっくりと深呼吸する。

おかしいな、そんなきつく締めたつもりはないんだが。

「ごめん」

「いいの、気にしないで。結んでくれてありがとう」

その後、寧々ちゃんは結ばれたネクタイを鏡で見ながら何度も触って確認していた。いつもリボンをしていたからネクタイ姿の自分が見慣れないのだろう。

そろそろいい時間なので、鏡の前から離れない寧々ちゃんに声をかけて玄関で見送る。

「そうだ。充電はもう大丈夫か？」

「うん、満タンになったよ」

小さくピースしながら元気よく答える寧々ちゃんだった。

◆

天ヶ峰高等学校。

「あ、藤咲(ふじさき)さん。ちょっとまってください！」

寧々は移動教室に向かう途中で担任の小日向有希(こひなたゆき)に呼び止められる。

「小日向先生、なにか御用ですか？」

「いえ、これといって用事はありません。ただ昨日は急に話しかけてしまってごめんなさいって、ひとこと謝りたくて」

有希は小さくぺこりと頭を下げる。

「謝らなくて大丈夫ですよ。私の大切な時間に割って入ってきたことなんて全然怒ってませんから」

「それ絶対、怒ってますよね⁉」

寧々は低血圧な表情であったが、言葉にとげを感じずにはいられない有希だった。

「うお、藤咲さんと小日向先生が話してる。なんか藤咲さんの方が年上にみえるな」

「間違いない。でも小日向先生、背は小さいけど胸の方は完全に大人だよな」

「たしかに。ロリ巨乳ってやつ？　人生で初めてみたわ」

その様子を遠くからみている男子生徒がひそひそと下世話な話をしていた。

それも無理はない、寧々と有希はその容姿からお互いに学校の話題で名前があがることが多かった。

「もう怒ってないので、大丈夫です」

「あわわ、やっぱり怒ってたんですね⁉　その節はすみませんでした！」

有希が再度謝って、話が終わったかに思えたそのとき。

「あれ藤咲さん、今日はネクタイなんかして珍しいですね」

寧々のいつもと違う点に有希は気づく。

有希は教師としてはまだまだ新米だが人一倍生徒のことを気にかける、良い先生だった。その見た目とキャラ、そしてひたむきな姿勢が生徒や保護者からの人気が高い。

そして天ヶ峰高校は標準服こそあれど基本は自由だ。

自由といっても私服で登校する生徒はあまりおらず、だいたいは標準服にリボンや靴下などで個性を出すことが多い。

そのなかで寧々はいつも標準服のリボンを着ていた。なのに今日はネクタイをしているのだから少し目立つ。

「そうですか？」

「いつもはリボンですよね。……ってそれ！　天ヶ峰高校の旧制服のネクタイじゃないですか！」

服装の自由化は近年、施行されたものだった。なので卒業生がみればその柄は馴染み深く、記憶に残っているのだろう。

「藤咲さんどこでそれを……？」

「さて、どこでしょう？」

寧々は不敵に微笑む。

「ま、まさか!!　一ノ瀬先生の!?」

「小日向先生、声大きいですよ」

「す、すみません！」

ぺこぺこと謝る有希、そのたびに大きな胸が揺れる。

「まあ小日向先生がおっしゃったことは正解です。それに朝、結んでもらっちゃいました」

いいでしょ、と言わんばかりに有希ほど大きくはないが形の良い胸を張る寧々。

「あ、あ、朝⁉　気になってたんですが一ノ瀬先生とはどういう関係で――」

「もう次の授業に行かないといけないので失礼します」

「ああ、待ってください！」

寧々は話を切り上げて移動先へと向かった。

その後ろ姿をみながら有希はひとりで考える。

「うーん、気になります。もしかして二人はただならぬ関係なんでしょうか？　でも昨日は一ノ瀬先生のことおにいさんって呼ばれてましたし。どういうことなんでしょう。考えれば考えるほど分からなくなります。それにしてもネクタイを結んでもらうなんて羨(うらや)ましすぎます……」

少ない情報を与えることで相手に拡大解釈をさせるという寧々の作戦だった。

ひとしきり考えていた有希だがチャイムの音で我にかえる。

「うわっと！　私も授業に行かなくちゃ！」

こうして寧々の小さな反撃は、勝利で幕を閉じるのであった。

◇

夕方ごろ。レトロな店構えの喫茶店の前に俺は立っていた。

「『下弦の月』は、ここだな」

手元のスマホの地図アプリと看板を見比べて目的地についたことを確認する。

ダークブラウンの艶のある木と白の壁がうまく調和されていてこれぞ喫茶店という店構えだった。

足元には『下弦の月』と書かれた看板ライトが点いていて、ノスタルジックな雰囲気をより演出していた。

俺は日頃から喫茶店通いをしているわけではない。むしろ、こういうところに来るのは初めてだ。

扉を前にして、軽く深呼吸する。

「ふう、なんだか緊張するな」

緊張しているのは他にも理由がある。なにを隠そう、ここは寧々ちゃんのアルバイト先だ。

なぜ俺がここに来ているかというと、寧々ちゃんと以前ショッピングモールで買い物をしたときの会話でアルバイト先にお邪魔する約束を取り付けていたからだ。

「寧々ちゃんが働く姿か、想像もつかないな」

いつまでも喫茶店の前に図体のでかい男が立っているというのは体裁が悪いだろうから俺は意を決して扉を開けた。

からん、とベルの音がなって俺は一歩足を踏み入れる。

「いらっしゃいませ」

鈴を転がしたような澄んだ声に迎えいれられる。この聞き馴染みのある声は寧々ちゃんだ。

「お義兄（にい）さん、ちゃんと来てくれたんだ。嬉（うれ）しい」

とことこ、と歩み寄ってくる寧々ちゃんの姿に俺は言葉を返すことができずにいた。

いや、見惚（みと）れていたというのが正しいだろう。

「じゃあ、席まで案内するね？　あれ、どうしたの固まっちゃって」

寧々ちゃんの艶（つや）めく黒と赤のまとめ髪の上には白フリルのヘッドドレスが載っていて、黒の膝下（ひざした）までのワンピースに白いエプロンを重ね、そこから伸びる白いタイツの足元には黒のストラップシューズを履いていた。いわゆるクラシカルなメイド服。

一枚の絵画から抜け出してきたような、その可憐（かれん）さという暴力に頭を殴られたような衝撃が走り、思考が停止してしまったのだ。

「いや、可愛（かわい）すぎるだろ」

「え？」

思わず口に出た言葉に自分自身で驚いてしまう。

俺の発言に寧々ちゃんは涼しげな目を丸くして驚く。

「すまない、今のは忘れてくれると助かる……」

「う、うん……」

顔が熱い。いま俺の顔は羞恥の色に染まっているだろう。

寧々ちゃんもまた顔を赤くして、顔を手でぱたぱたとあおいでいた。

気まずい空気が流れるがとりあえず席まで案内してもらった。席について俺は一つ疑問に思ったことを尋ねる。

「寧々ちゃん。失礼なことを聞くようだが、ここはメイド喫茶とかそういう店なのか？」

「ううん、違うよ。制服がメイド服だから誤解されやすいんだけど普通の喫茶店だよ？」

「そうなのか」

メイド喫茶に行ったことはないが、想像よりはここは店構えや店内が落ち着いている印象を受けた。

「お帰りなさいませ、ご主人様」

突然、定番の言葉とともに添えられた寧々ちゃんの美しいカーテシーに目が釘付けになる。周りからも小さく歓声があがる。

「よくあるこういうのじゃなくて、いらっしゃいませだったでしょ？」

「……そ、そうだったな」

今回は思考を停止させずになんとか口を開く。不意打ちにやられてしまうところだった。

「このお店ね、料理や飲み物、ぜんぶ完成度高くてとっても美味しいんだよ？　それに今日は店長がサービスしてくれるって言ってたから好きなもの食べていいよ」

にこっと微笑む寧々ちゃんにまたやられそうになる。入店してから心拍数が上がりっぱなしだ。

「今朝も聞いたけど、本当にいいのか？」

「うん！」

寧々ちゃんのこんな姿を拝むことができて、おまけにサービスまでしてくれる。ここは天国かなにかだろうか。

「これメニューだから、決まったら呼んでね？」

「ありがとう」

そして寧々ちゃんがテーブルから離れていった。

なにを頼もうか、とメニューを見ながらも横目で寧々ちゃんを追ってしまう。背が高く華奢な寧々ちゃんとメイド服の相性は抜群でとても綺麗だった。

ほかのお客さんに応対しているときは俺に接していたときと違って、しっかりと敬語を使っている姿にどこか感動を覚える。

他にもメイド服に身を包んだ従業員さんがいたのだが寧々ちゃんが頭ひとつ抜けているように見えた。歩き方、姿勢、所作、言葉遣い、どれひとつをとっても丁寧で美しかった。

なにも注文せずに見ているだけなのはお店に迷惑をかけてしまうので、手をあげて寧々ちゃんを呼ぶ。

「ご注文はお決まりでしょうか？」

「オムライスのビーフシチューがけとオリジナルブレンドコーヒーを頼むよ」

「コーヒーはホットでいいよね？」

「ああ」

夏も近づき少しずつ暑くなって来たのだが俺はコーヒーはホットと決めている。

それを知っている寧々ちゃんは当然のようにホットの確認をとってくれる。それが心地良い。

喫茶店のコーヒー、気になるぞ。純粋にわくわくしている俺がいた。

料理を待っている最中、寧々ちゃんとは違う店員さんに声をかけられる。

「あなたが噂（うわさ）の新（あらた）さんですか」

整った顔立ちでギャルソンスタイルに身を包んだ、男装の麗人が立っていた。

「噂になっているかは分からないですが、俺が新というのは合っています。あなたは？」

「ああ、急に声をかけてしまってすみませんねえ。はじめまして、ボクは月見弓（つきみゆみ）、ここの店長をやらせて頂いてます」

彼女は胸に手をあてて軽くお辞儀をした。

店長という言葉を聞いて俺は立ち上がる。

「初めまして、俺は一ノ瀬新です。寧々ちゃんがお世話になっています。それに本日はサービスして頂いてありがとうございます」

「そんなに畏まらなくてもいいですよお。ボクがあなたを一目見たかったんですからあ。それにしても背高いですねえ？　ボクでも見上げちゃうや」

男性の平均身長よりは高く見える月見さんが手を目の上にかざしながら俺を見上げていた。

「身長おいくつくらいあるんですかあ？」

「百八十六です」

「いやはや、顔が良くて、おまけにスタイルまで良いなんて寧々ちゃん良い人つかまえたねえ」

唇に指を添えて月見さんが薄く笑う。その仕草は男の俺の目から見てもかっこよく映った。

俺が従業員の知り合いだからだろうか、とても褒めてくれる人だな。

というか、つかまえた？　どういうことだろう。

「あ、立たせたままですみませんねえ。さあさあ座ってくださいな」

「失礼します」

「はは、聞いてた通り真面目な人だなあ。そうだ。新さん、寧々ちゃんのメイド服姿かわいかったでしょ？」

「え、ええ……。とても可愛かったです」

俺は素直に思ったことを口にする。寧々ちゃんが可愛いのは紛れもない事実だ。

それにしてもこの人は独特な話し方と距離感だな。自分のペースで話しているから俺が口を挟む隙がない。なので、さっき思った疑問を聞きそびれてしまった。

「ですよねえ。うちの喫茶店は伝統的な味を守りつつ、可愛い従業員と丁寧な接客で人気になってるんですよお。寧々ちゃんはこの店の人気に一役も二役もかってて頼りにしてるんです」

寧々ちゃんが褒められると俺も嬉しい。しかし、この店の人気にはこの人も一役かっていると思う。

さっきから女性客がちらちらとこちらを見ている。

「お義兄さん、お待たせしました。店長なにしてるんですか？」

ワゴンで料理を運んできた寧々ちゃんが店長を前に立ち止まる。

「あ、寧々ちゃん。新さんにご挨拶してたところだよお」

「……新さん？」

首をかくん、と傾げてる寧々ちゃんだった。

少し空気がヒリつくのを感じる。

「おおっと怖い怖い、一ノ瀬さんだったねえ。寧々ちゃんがいつも新さんっていうからついボクもそう呼んじゃってたよお」

「て、店長！」

先ほどの空気が消えて、寧々ちゃんが慌てていた。

「そんなことより。ほらほら、早く料理を提供してあげなさいな。一ノ瀬さんが待ってるよお」

「そんなことって。もう……」

月見さんの飄々とした態度に寧々ちゃんは少し呆れていた。

いつもこんな感じなんだろうな。

気を取り直した寧々ちゃんがオムライスとコーヒーを俺の目の前にサーブしてくれる。

「そうだ寧々ちゃん、今日はもうあがっていいよお」

「え」

突然のことに声を上げる寧々ちゃんだった。

「大丈夫、しっかりシフト分の時給も払うよお。今日は一ノ瀬さんと一緒にご飯食べなよ。もちろん寧々ちゃん分もサービスするからさあ」

「いいんですか？」

「いいのいいの、福利厚生の一環だから」

店長ありがとうございます、と言って寧々ちゃんはバックヤードに戻っていった。

「月見さん、なにからなにまでありがとうございます」

俺からも改めて礼をいう。

「いいんですよお。それにご飯は人と食べた方が美味しいですからあ。それではどうぞごゆっくり」

月見さんは涼しげな目元でぱちりとウィンクして去っていった。独特な人だが良い人だな。

寧々ちゃんは良いところで働いているんだなと安心した。

そして、俺は目の前の美味しそうな料理とコーヒーに意識を移して、喉を鳴らすのだった。

「いただきます」

寧々ちゃんを待とうかと思ったが、冷めないうちに食べて欲しい、とのことだったので俺はひと足はやく料理に舌鼓をうつ。

オムライスで卵の包みかたは数種類あるが、ここの喫茶店はドレスドオムライスだった。高く盛り付けられたチキンライスの上を、半熟の卵が渦を巻いていてドレスのスカートのような美しいドレープが包んでいた。

その周りを生クリームが回しかけられたビーフシチューが囲い、仕上げのパセリの緑が鮮やかに華を添えている。

「見ためがとてもいいな。若い人たちの間で人気になっているのが分かる」

可愛い従業員以外にも、つい写真を撮りたくなるような映える盛り付けが人気の秘訣だろう。

早速、スプーンですくって口へと運ぶ。

「美味しい」

ひとくちで分かる完成度の高さ。ただ映えることだけを狙った料理とは一線を画していた。

卵の半熟加減も絶妙で、チキンライスにはマッシュルームが入っていてきのこの旨味と食感のアクセントになっていた。

ビーフシチュー単体ですらホテルに出てきてもおかしくないような絶品なのに、それを掛け合わせたら美味しいことは間違いなかった。

ひとつひとつが丁寧で作り手のこだわりが感じられる。

寧々ちゃんを待つために程よいスピードで食べようと思っていたのだが、これはスプーンが止まらないな。

二口目、三口目へとどんとんと手が伸びる。

「それではコーヒーを頂くか」

濃厚な味が口いっぱいに広がったところにひとまずリセットを図る。

スプーンを置いてカップを手に取りコーヒーを啜る。

「……これは、良いな」

目がさめるような衝撃ではなく目を細めたくなるような上品な美味しさがそこにあった。

少し深煎りなクラシックな味わいの中にどこか遊び心が加えられていて、このお店を体現しているようだった。

一気にこの店への好感度が上昇する。

「豆を買って帰ろうかな」

この喫茶店はコーヒー豆を売っていた。普段は手間がかかるためマシンにしているが、ときには自分で豆を挽(ひ)いて淹(い)れることもある。思わず買って帰りたくなるような好みの味だった。

それからしばらくしてオムライスも食べ終わり、残されたコーヒーを味わっているところに学校の制服姿の寧々ちゃんがやってくる。

リボンを忘れた日以来、寧々ちゃんは俺が貸したネクタイをずっとつけていた。

「お待たせ。あれ、お義兄(にい)さんもう食べちゃったの？　早いね」

「ゆっくり食べるつもりだったんだが、美味(おい)しくてつい」

早く食べたことを言われて、まるで自分が食いしん坊みたいでちょっと恥ずかしくなった俺は頭をさすりながらいう。

「良かった。満足してくれたみたいで嬉(うれ)しい」

寧々ちゃんが胸を撫(な)でおろしながらこたえる。

「お、寧々ちゃん良かったねえ。自分が作ったオムライスを一ノ瀬さんに褒めてもらって」

「て、店長！」

寧々ちゃんの後ろからひょっこりと月見さんが顔を出す。

「なんで隠してるのお？　自分で作ったー、ってボクだったらすぐ言っちゃうのにい」

月見さんは首を傾げながら寧々ちゃんを見る。

顔を赤くして黙ったままの寧々ちゃんに尋ねる。

「これ、寧々ちゃんが作ったのか？」

「う、うん……。レシピはこのお店のだけど……」

「すごいじゃないか！　卵の焼き加減とか俺には真似できそうにない」

レシピがあっても作る人の腕次第なので素直に感心する。

「ですよねえ。うちはウェイターとシェフのどっちもしたいって子には両方教えるようにしてるんです。まあ可愛い子に料理作ってもらえたらそれは格別ですからねえ。最近はコーヒーの淹れかたも教わりたいって言ってたけど、その意味が今日分かった気がするなあ」

「……店長」

「おおっと、また喋りすぎたみたいだねえ。お邪魔してすみません」

ぷくっと頬を膨らました寧々ちゃんが月見さんをにらむと彼女は流れるように去っていった。

そしてようやくテーブルへとついた寧々ちゃんだった。

「あの寧々ちゃん」

「ん？」

「どうして横に座ってるんだ？　向かいの席が空いているはずだが」

テーブル席なのになぜか俺の横に座っていることを尋ねる。

黒と赤の綺麗にのびた髪が俺の肩に触れそうな距離にあって、料理とは違った甘く優しい匂いがする。

「あ」

言われた寧々ちゃんは恥ずかしそうに両手で顔を押さえていた。

この反応は無意識だったのだろうか。俺の家ではいつも隣に座っているからその名残ということか？

「ごめんなさい、移動するね」

寧々ちゃんが立ち上がろうとしたそのとき。

「お待たせしました。ナポリタンとクリームソーダです」

間が悪く、退勤する前に頼んでいたのであろう寧々ちゃんの料理が運ばれてきてしまった。

移動する機会を失った寧々ちゃんはそのまま俺の横でご飯を食べることになったのだった。

そこから寧々ちゃんがアルバイト入りたてのときの話を聞いたり、月見さんのとんでもエピソードを聞いたりして、落ち着いた店内で楽しいひとときを過ごすことができた。

◇

日が落ちて青と橙が二層になって混じり合う夜の境目。そんな空の下を俺と寧々ちゃんは歩いていた。

『ちょっと遠回りして帰ろ』

そう誘われて、店から駅までの距離を通常よりも時間をかけて進む。

「寧々ちゃん、今日はお店にお邪魔させて貰ってありがとう」

改めて俺はお礼をいう。

「こちらこそ、来てくれてありがと」

「料理も美味しかったし、月見さん癖はあるけどいい店長だった。とてもいい店だね」

「うん、寧々の自慢のバイト先なの」

どこか誇らしそうな顔で寧々ちゃんは笑う。

自分の職場を褒められるのは嬉しいことなのだろう。

あれからだが、月見さんが二人分の食事を無料にしてくれたのは驚いた。

お会計を対応してくれて、もう一度お礼を言ったら、

『今日はいいもの見れたから、気にしなくていいよお』

と、こちらに恩を着せることなく返してくれた。

だから俺は多めにコーヒー豆を買って、少しでもお店に貢献するのだった。

「お義兄さんみて」

俺は寧々ちゃんに声をかけられて顔をあげる。

気がつけば川に掛かる橋の上を歩いていた。そこから抜けるように広がる空の綺麗なグラデーションが目に映る。

「良い景色だな」

「でしょ？　この景色が好きだから寧々はわざわざここ通ることがあるの」

それにね、と寧々ちゃんはひと呼吸はさんで続ける。

「——ここはお義兄さんと寧々が初めて会った場所だから」

見覚えのある景色に当時の記憶がよみがえってくる。

しかし、あの日は深い夜だった。

「初めて会ってから、もうそろそろ三年経（た）つんだよ。早いね」

「ああ、そうだな」

あの日からもうすぐ三年か。

「あの日のおかげで寧々はこうしていられるの。学校もアルバイトも楽しんでるよ？」

「その感じは伝わってくるよ」

朝にご飯を食べながら話している会話の中の寧々ちゃんはいつも人に囲まれて楽しそうだ。

もう一人ではないんだな。

「お義兄さん、ありがと」

真剣な目をした寧々ちゃんが俺に向き直っていう。

「どうしたんだ急に」

「ううん、言いたくなっちゃっただけ」

俺たちの間に沈黙が流れる。そこからしばらくして歩き出す。

他愛もない会話をしているうちに駅に到着した。

「あ、もう駅に着いちゃった」

「遠回りをしたのに早かったたな」

「ふふ、そうだね」

俺のひとことに寧々ちゃんが微笑(ほほえ)む。

「じゃあ寧々ちゃん、また」

「お義兄さん、またね」

寧々ちゃんが手を振って改札へと吸い込まれていく。

その後ろ姿を見てなぜか追いかけないといけない、そんな気持ちになって手を伸ばす。

しかし、当然のように手は空中を泳ぐ。

居心地の悪くなった手を引っ込めて俺も家に帰ることにした。

6章 Chapter 6

「なかなか上手(うま)く作れたんじゃないか？」

俺は夕食を作り終えたところだった。

寧々(ねね)ちゃんに料理を教えてもらう以外にも、自分でレシピを調べたものをこうして作っている。

少しずつ手際や包丁さばきがうまくなってきた気がする。味に関してはお義母(かあ)さんのレシピには及ばないが。

――ピンポーン

インターホンが鳴る。

「ん、誰だ？」

朝じゃないから寧々ちゃんではないよな。

エプロンで手を拭(ふ)きながら移動しドアホンの映像を見る。そこには軽薄そうな優男が映っていた。俺の友人で同僚だった鳳 恭平(おおとりきょうへい)だ。

『おう、新』

手を上げてにへらと笑っている。なによりなにか面白がっているような含みのある声がした。

胸騒ぎがする、こういう時の恭平は大抵おかしなことを考えているパターンだ。

「どうした恭平？　お前が家にくるなんて珍しいな」

『そうだろ。お前に会わせたい人が居てな。まあ、あとは頑張ってください』

会わせたい人って誰だ？　その疑問は驚愕に塗り替えられる。

『久しぶりね、一ノ瀬くん』

落ち着いたハスキーな声とともに、ワンレンのロングヘアをかきあげながら妖艶に微笑む美人が恭平に代わってディスプレイに映った。

「三好先輩!?」

俺の元直属の上司でアメリカの企業にヘッドハンティングされた三好結衣さん、その人だった。彼女が胸騒ぎの正体か。

『一ノ瀬くん、元気にしてたかしら？』

「お邪魔するわね」

俺は元上司の突然の来訪に乾いた返事を返すことしかできなかった。

「どうぞ」

わざわざ家に来てもらったので俺は三好先輩たちを招き入れることにした。

大きなキャリーケースと手提げとともに入ってきた三好先輩が玄関でピンヒールを脱ぐ。

タイトスカートから伸びる黒いストッキングに包まれた曲線美が目にはいる。

その仕草ひとつとっても注目をしてしまうような、相変わらずの美人っぷりだった。

「急に押しかけてきてごめんなさいね」

「いえ、大丈夫ですよ」

急に来たのは驚いたが、本当に無理なのであればいくら元上司が来たとしても断るし、仮に断ったとしても三好先輩は無理強いしてくるような人じゃない。

「あれ、恭平のやつはどこに行きました？」

「彼ならさっき急用ができたって帰ったわよ。もう、居て欲しかったのに……」

後続に見えない恭平のことを尋ねるとそんな返答が返ってきた。

つまり俺と三好さんの二人っきりか？　となると話が違ってくる。

これまで会社外で三好先輩と過ごす時はいつも恭平が居たが二人なのは何気に初めてだ。

三好先輩は俺と二人になることは避けるようにしている節がある。さっきも恭平にいて欲しかったといっていたしな。

「どうしたの一ノ瀬くん、もしかして意識しちゃってるのかしら？」

「いえ、そんなことはないです」

意識をしているが元上司に下手なことを言うわけにはいかないので努めて冷静に返す。

「そう」

三好先輩は俺を見定めるように腕を組んでいた。

豊かな胸が腕に乗りその形を変える、ただでさえ凶悪なそれがより強調され視線のやり場に困る。

「立ち話もなんですし、こちらへどうぞ」

リビングに三好先輩を案内することでやり過ごす。

「ありがとう。座らせてもらうわ」

三好先輩はソファに腰掛けて足を組み、シートを軽く撫でていた。その緩慢な動きとしなやかな指先には妙な色気が漂う。

「それにしても一ノ瀬くんって家庭的なのね」

「え？　どうしてですか？」

「だって、エプロンつけてるじゃない」

いわれて今の自分の格好に気づく。

元上司に日常的な部分を見られて少し恥ずかしくなり、しどろもどろになりながら説明する。

「まあ、その、最近料理を始めまして……、それでこれは貰い物なんです」

「へえ、いいじゃない。よく似合ってるわよ？」

「ありがとうございます」

俺のエプロン姿に似合ってるも何もないだろうけどお褒めの言葉を受け止めて会釈する。

顔をあげると平行二重のはっきりとした瞳が一点を見つめていた。

「あら、胸元の『I.A』の刺繍のドットのところだけどドットにしては少し形が違うんじゃないかしら？」

「え、そうですか？」

確認してみるとドットにしては歪になっているように感じる。目を凝らすとそれはとても小さなハートだった。

「よく見たらハートでした、今まで気づかなかったです。三好先輩よく気づきましたね」

仕事の時もそうだったが誰も気づかないような細部に対して急に鋭い指摘が入るんだよな。目のつけどころが違う。

「いえ、何気なく見てたら気づいただけよ」

三好先輩は素っ気なく答える。

凝視していた気がするが俺の思い過ごしだろう。

そういえば、この刺繍は機械のような規則正しさというより人の温もりを感じられる。お義母さんがわざわざ縫ってくれたのだろうか。それにしてもドットの代わりにハートにするなんてお茶目なところもあるもんだ。

それよりもまずは三好先輩に聞かないといけないことがある。

「三好先輩、一時帰国されたのはどうしてですか？」

「一ノ瀬くんを慰めにきたの」

慈しむような表情に俺は引き寄せられるような感覚を味わう。

「……本当ですか？」

「どうかしらね」

真意を読み取らせないような言葉のあとに唇が妖しく弧をえがく。この様子から察するに冗談だろう。

こんな美人にそんなことをいわれたら勘違いしてしまいそうになるから困る。理由はおそらく仕事関連か。

「本当は仕事で日本に用があったから戻ってきたのよ」

やっぱりそうだった。三好先輩は一呼吸おいて、口を開く。

「私が帰ってきたんだから今日はパーっと飲むわよ。一ノ瀬くん付き合いなさい！」

そういってどこからともなく取り出したのは大理石の甕だった。キャリー以外に持っていた手提げにそんなものを入れていたなんて。

お酒のことを訊いて欲しそうにうずうずしているようだったので俺は気持ちを切り替えて訊く。

「もしかして、それって甕雫の極ですか？」

「分かってるじゃない。そうよ。しかもそれの原酒よ」

甕雫は芋焼酎で高いお酒だ。

その中でも極は高く、それの原酒ということだからもっと値段は張るだろう。そもそも手に入りづらいと聞く。

「おつまみも持ってきたの。一ノ瀬くんはその様子だと今からご飯だったんでしょ？　一緒に飲みながらお話ししましょう」

まてまて、思考が追いつかないんだが。

しかし、元上司をちゃんとおもてなししないと、と社会人だった頃の血が俺を動かす。

「はい、それではご相伴にあずかります。さっき豚の角煮と他にも細々とした副菜を作ってたんですけど召し上がりますか？　芋焼酎に合うと思うのですが」

「え、一ノ瀬くんが作った豚の角煮……」

思案顔で固まっている三好先輩。

「すみません。手作りとか苦手でしたか？」

「是非ともいただきたいわ！」

予想外に満面の笑みがかえってきた。

三好先輩はおつまみだけでなく、しっかりとしたおかずがあったほうが酒がすすむタイプだもんな。

たくさん飲んだり食べたりするのにこの抜群のスタイルを維持しているから驚きだ。

それからテーブルを片付けて豚の角煮、それと一緒に作っていた煮たまご、ほうれん草の白あえに汁物を用意する。

「こんなグラスしかなくてすみません」

「そんなこと気にしなくていいのよ。一ノ瀬くん日頃お酒飲まないものね」

「誰かと飲むのは好きなんですが、一人ではあまり飲みませんね」

普段、家でお酒を飲まないので陶器のコップやロックグラスを取り揃えておらず、家にある普通のグラスで我慢していただく。

氷は家の近くのコンビニに買い出しに行って準備した。

「氷買ってきてくれてありがとう。来る途中に私が買えば良かったわね」

「いいえ、三好先輩はキャリーケースに焼酎を持ってたので買って来られなかったのも無理ないですよ。ではお注ぎしますね、ロックで良いですか？」

「ええ、お願い」

三好先輩は大のお酒好きだ。俺はお酒のことはほとんど三好先輩から教わった。

昔飲みに連れて行ってもらったとき「良いお酒をロックで本来の味と香りを確かめるのが好き」と言っていたので、ロックにするか尋ねてみたが間違ってないみたいで良かった。

そして俺は柄杓を手に取る。この焼酎は甕に入っているのだが柄杓も付属している。

それで甕からお酒をすくって入れる、なんとも雰囲気のある代物だ。

お互いのグラスにお酒も注ぎ終わり乾杯する。

「宮崎の芋焼酎はロックで飲むに限るわね」

ふわっととろけるような顔を浮かべる三好先輩。この顔を前にすると氷を買ってきた甲斐があったなと思える。

「お酒も良いけど、冷めないうちに角煮頂いちゃおうかしら」

「どうぞお召し上がり下さい」

そういって三好先輩は箸を伸ばす。作ったものを食べてもらう瞬間は緊張する。

「んん！　柔らかくって味が染みててとっても美味しいわ」

三好先輩は目を閉じて小さく体を震わせていた。唇が角煮の脂で潤っていて、なにかいけないものを見たような気持ちになってドキリとしてしまう。

落ち着け、ただ角煮を食べているだけだ。まずは美味しく食べていただけたことに安心しよう。

「ありがとうございます。お口に合ったようで嬉しいです」

「本当に美味しいわ。これ全部、一ノ瀬くんが作ったの？」

「はい、時間があるので今は料理を趣味にしているんです」

「家庭的な男子、素敵じゃない」

角煮をもう一口食べた三好先輩が噛み締めるように味わっていう。本当にお気に召したみたいだ。

「俺なんてまだまだですよ。料理を始めたばかりなので数品しか作れませんし……」

こうして作れているのも寧々ちゃんがお義母さんのレシピをもとに教えてくれてだんだ

んと基礎が身についてきたおかげだ。

「美味しい料理を数品作れてるだけですごいわよ」

「そう言っていただけると嬉しいです。これからも頑張ります」

すると、ふふ、と三好先輩が俺の顔を見ながら笑みを溢(こぼ)す。なにかおかしなことを言っただろうか。

「笑っちゃってごめんなさい。ちょっと昔を思い出したの」

「昔ですか？」

「ええ、あなたが新入社員として入ってきたときにも同じように頑張りますって言ってたから。真面目だなぁって懐かしくなったの」

「俺そんなこと言ってましたか」

「言ってたわよ。今の方が表情はとても穏やかになってるけれど」

そう言って三好先輩はまた笑っていた。それから、昔といえば、と先輩は楽しそうに話し始める。

「リリースしたアプリケーションが本番環境で不具合を起こして、二人で徹夜した日のこと覚えてる？」

「ありましたね。ただでさえ残業続きだったのに定時間際に発覚して本当に地獄でした」

テスト環境でいくらテストをしても、本番環境で起動すると思ってもみない問題が発生することがある。なかなか手強(てごわ)くて思った以上に時間が掛かってしまい気付けば徹夜していた。

「あの時は手伝っていただきありがとうございました」

「困ってる部下がいたら上司が手伝うのは当然よ。不具合が起きないのは理想だけどそれはあくまで理想で、起こってしまってからそれをどう対処するか、ね。あの時は私も手伝ったけど、一ノ瀬くんじゃなかったら一日徹夜しただけじゃ終わらなかったと思ってるわ」

目を閉じて小さく頷く三好先輩だった。そんな風に思ってくれていたことは素直に嬉しい。

「入ってまだ二、三年だったのにぐんぐん成長してて本当に頼もしかったわ。自宅でもかなり勉強してたんでしょう？」

「ええ、あの頃は必死でしたから」

入社してからというものの俺は早く認められるべく家でも勉強していた。

そして、会社にも早く出社していた。しかし、誰よりも早くというわけではなかった。

「三好先輩いつも早く出社してましたよね。ヘッドハンティングされてアメリカに行かれる最後まで勝てなかったです」

「あれはあなたがいつも早く来るからよ。部下より遅く来るのは格好がつかないでしょ？　もう、大変だったんだから」

お酒を飲んで少し頬が上気した三好先輩が咎めるような視線を向けてくる。

俺に合わせて出社の時間を早めていただなんて知らなかった。

「すみません……」

「ふふ、謝らなくていいのよ。そうだ、今も勉強続けてるの？」

「はい。もう癖になっているので」

「一ノ瀬くんらしいわね」

情報や技術はすぐに風化するから会社をクビになってからの今もプログラミングの勉強は欠かさずにしている。

これから使う場面があるか分からないのに習慣というものは恐ろしい。

三好先輩が一口焼酎を呷ってテーブルに置く。からん、と氷がグラスに当たる小気味の良い音がする。

「ねえ一ノ瀬くん、アメリカに来ない？」

突如、予想だにしていない言葉が耳に飛び込んでくる。三好先輩を見ると力強い瞳が俺を捉えていた。

「え、どういうことですか」

「婚約が破談になって、会社を辞めさせられたって聞いたわよ」

その言葉を聞いて合点が行く。

三好先輩がアメリカに行ったのは俺が姫乃さんと婚約が決まった後のことだ。だから彼女は俺が婚約していたことを知っている。

会社の人間と繋がりがまだあれば、話の流れなどで事の顛末を知ることもあるだろう。

そこに特に驚くことはない。それよりも三好先輩の提案に耳を疑う。

「あなたほどの実力があってそのままにしておくのは勿体ないわ。ぜひ私と一緒に働かないかしら、あなたとなら良いパートナーになれると思うの」

「それは……」

三好先輩が働いている会社であれば今勉強していることが活きるし、なにより自分を求めてくれる人のもとで働けるというのは幸せなことだ。

日本から離れることなんて考えたこともなかったが、日本にこだわる理由は今の俺にあるのだろうか。俺は思案して口籠る。

「大丈夫、今すぐに答えを出せとは言わないわ。お酒の場でこれ以上仕事の話をするのもなんだからきちんとしたお話はまた別の機会に改めてしましょう。それよりも今日は飲むわよ！」

三好先輩はグラスを一気に呷ったので、俺もそれに合わせてぐいっとグラスを傾ける。

「一ノ瀬くん良い飲みっぷりね」

「今日はとことん付き合いますよ」

俺は空になった二杯のグラスに柄杓で酒を注ぎ込んだ。

それから飲み食いをしながら話をした。三年間ほど顔を合わせていなかったので話題にはことかかなかった。

「――もう、本当信じられない！　仕事も出来てこんなにもかっこいい人を手放すなんて！」

「はは、三好先輩にそう言っていただけると嬉しいです」

三好先輩はお酒のペースがいつもより早く、酔いが回っているためか饒舌だった。今も俺を気遣って持ち上げてくれている。

初めはお互いのこれまでの仕事の状況や三好先輩のアメリカでの生活などを聞いていたが、俺が花嫁略奪されたことや会社をクビになったことに話題が移ると先輩はお酒の量とともにヒートアップしていった。

つられるように俺もそれに付き合った。無理矢理飲まされたのではなく俺もそんな気分になったんだ。

「それに社長も社長よ。これまで尽くしてきた一ノ瀬くんにした仕打ち、許せないわ！」

「あの人は昔からそうですよ。俺のことなんて初めから見ていないんです」

三好先輩は俺以上に元婚約者やあの人に対して怒ってくれていた。こんなに怒っている姿を見るのは二度目だった。

俺は自分の感情というものを表に出す術をあまり知らない。自分以上に自分のことで怒ってくれている人を見ていると周りに恵まれているなと感じる。

「ねえ、一ノ瀬くん。私はあなたとだったら本当に良いパートナーになれると思ってるのよ？」

テーブルから身を乗り出して顔をずいっと寄せる三好先輩。

酔いで暑くなってシャツのボタンを三個まで開けた無防備な姿が俺の眼下に迫る。そんなところにホクロがあったんだな、なんて不埒（ふらち）なことが頭をよぎる。だめだ、俺自身も相当酔っている。

「えっと、俺もそう思います。良いパートナーになれるんじゃないかと」

一緒に働いていたことを思い出す。たしかに先輩となら良い関係で働ける気がする。

先輩は能力も高く一見厳しく見えるが面倒見も良い。

「きゃ、良いパートナーだなんて……もう」

俺の言葉に三好先輩が頬に手を当てて身をよじっていた。

これはどういう反応だ？　こんな先輩見たことない。

このお酒は飲みやすく水のように飲んでしまうから、気づかないうちに相当酔いが進んでいるのかもしれない。

「先輩かなり酔ってますね？　もうそろそろ時間も遅いですし。こちらの水飲んでください」

別のグラスにチェイサーを用意して差し出す。

「ええ？　ありがとう。ぷはっ、この水おいしー」

「ああ、それは！」

三好先輩はあろうことか差し出したグラスではなくて俺の目の前にあるグラスを手に取って一気に飲んでしまった。つまり芋焼酎（いもじょうちゅう）、それもロック。

同じグラスで液体の色も透明だったため間違えてしまったのか。

「うぅ、体が熱い。それに眠たいわ」

「……三好先輩？」

瞼をこすったかと思うと俺にしなだれかかってきた。柔らかさともに程よい重量が体に掛かる。これは香水だろうか、上品なバラの香りが体温により温められて強く漂う。

この状態で帰すわけにはいかないだろう、俺は三好先輩を泊めることを決意する。

「ソファで寝たらだめですよ。ベッド行きましょうね」

「……ベッド⁉」

ソファで上司を寝かせるわけにはいかないと思い提案したのだが言葉足らずで誤解させてしまったようだ。

「安心して下さい。俺はソファで寝るんで」

「……そう」

どこか不服そうだったが納得してくれたみたいだ。いつも俺が使ってるベッドで寝るのは嫌だ、ということだろうけどそこは我慢していただくしかない。

前に一度、先輩の家で飲んだとき俺が酔い潰れてそのまま家に泊まったことがある。あのときはかなり迷惑をかけてしまった。今回はそれの恩を返せたと思えばいいだろう。

しかし、その時と違って今日は恭平がいない。今思えばなかなかな状況だな。

いきなり家にきて困惑したが、慰めにきてくれたのは本当かもしれない。

「ん、痛っ……」

　頭の痛みで目が覚める。立ち上がり、こめかみを押さえながら昨日のことを振り返る。三好先輩をベッドまで運んでから片付けをしようとしたが俺も中々に酔っていたらしくソファで寝落ちしてしまったんだったな。

　空いている酒や開封されたおつまみ、平らげたお皿がいくつかテーブルに転がっているのを確認して、片付けないとな、なんてぼんやりと考える。

――ピンポーン
インターホンが鳴って、ドアホンの液晶を覗く。
『お義兄さん、おはよ』
　寧々ちゃんだ。

「お邪魔します」

「どうぞ」

　寧々ちゃんが玄関でローファーを脱ぐ。プリーツスカートから伸びた細く白い足が目にうつる。

突然、寧々ちゃんの動きがぴた、と止まる。

「……お義兄さん、このハイヒールだれの？」

「ああ、それは元職場の上司のだ。昨日家に来て一緒にお酒を飲んでたんだ」

「へえ、そうなんだ」

聞いたことのないような冷たい声が返ってくる。

冷房をつけていないはずなのに部屋の気温が少し下がったような気がする。

「上司だけど昨日はかなり酔ってしまったみたいで、今は寝室で横になってるから静かにな」

「寝室で……」

「いやあ、料理しているところに突然来て参ったよ。そういえばエプロンつけたままだった」

急な来客に、エプロンをつけたままだったことを思い出す。

そのまま寝てしまったから少々しわになっている。あとで洗濯してアイロンしないとな。

「ふうん、その料理一緒に食べたの？」

「まあ、そうだな……」

「そう」

寧々ちゃんの声色がさらに沈む。

「まだ余ってるから寧々ちゃんも食べていくか？」

「ああ、もちろん。本当は寧々ちゃんのために作ったんだ」

「え、いいの？」

「寧々のため？」

ぱっと声色が明るくなる。朝だからさっきは声の出が悪かっただけだろう。

「ああ、寧々ちゃんは俺の料理の先生だからな。腕があがったか判断して欲しくて」

「じゃあ、食べる」

それにいつも俺だけお弁当を食べていて、寧々ちゃんはそれを見ているだけだったので少々気が引けていた。食べるものは違うけど一緒に食べたほうが美味しいしな。

「いただきます」

寧々ちゃんが豚の角煮をその小さな口へと運ぶ。俺は不安気にそれを見つめていた。

「柔らかくって味が染みてて美味しいよ。合格、花丸あげる」

寧々ちゃんは俺の手のひらに指で花丸をかく。

なんだがこそばゆい感覚になるが料理を褒められるのは素直に嬉しい。

「ありがとうございます。これからも精進します」

「ふふ」

俺が本当の生徒のように真面目に返したら寧々ちゃんは笑ってくれた。

「寧々ちゃんさえよかったら、俺が作ったものをこれからもこうして食べてくれないか？」

「いいよ」

意外にも即答だった。

これで俺の料理の腕が問題なく一人で健康的な生活が送れることが分かってもらえれば、お義母さんがお弁当を作ったり寧々ちゃんから料理を教わることもなくなるだろう。

かちゃり、とドアの開く音がして振り返る。

寝室からは頭を押さえながらおぼつかない足取りで三好先輩が出てきた。

シャツのボタンはきっちりと閉まっていてよかった。

「うう、頭痛い。一ノ瀬くんおはよう、昨日はごめんなさい。気がついたら寝ちゃってたみたいで」

「三好先輩おはようございます。大丈夫ですか、二日酔いならあとでお味噌汁でも作りましょうか？」

「あら本当？　助かるわ――」

寝ぼけながら歩いていた三好先輩の足が止まり、

「一ノ瀬くん、この子はどなた？」

そのくっきりとした瞳を見開き、ハスキーな声で俺にたずねる。

「初めまして藤咲寧々です。お義兄さんの元上司さんですよね？　お義兄さんがいつもお世話になっています」

俺が紹介するよりも早く、寧々ちゃんはさっと立ち上がり自己紹介をした。

お辞儀がなんとも綺麗で彼女が藤咲家の御令嬢ということを実感させられる。

「初めまして、三好結衣です。ご存知かもしれないけれど、一ノ瀬くんの元上司よ」

三好先輩は髪をかきあげ、寧々ちゃんは微笑む。

それから互いを見つめあってしばらく黙ったままの二人だった。

「三好先輩も一緒にご飯どうですか？　寧々ちゃんもほら、座って」

二人とも立ったままだったので俺は三好先輩をテーブルに促し、寧々ちゃんにも席につくようにいう。

「ありがとう一ノ瀬くん。藤咲さん、同席させてもらっていいかしら？」

「ええ、構いませんよ」

寧々ちゃんは人見知りしそうだけどそんなことはないようだった。

朝食を三人以上で食べることなんて初めてだな。いつもは母と二人きりで、大学卒業してからはずっと一人だったから。人数が多い方がご飯も美味しくなるだろう。

「藤咲さんには想像できないかもしれないけれど、一ノ瀬くんは入社時はまだまだで私がいないとなにも出来なかったのよ？　それからずっと私と二人三脚で一緒に頑張ってきたの。今でこそ彼の努力の甲斐あって仕事が出来るようになってるけれど」

「へえ、そうなんですね。でもそれ少し想像できるかもしれません。お義兄さんの料理今でこそとても美味しいけど、初めて作ったのは黒こげだったんです。私と一緒に頑張って上手になってきたんです。お義兄さんって努力家ですよね」

「ええ、そうね。努力家なのは私が一番よく知ってるわ」

「私も今一番近くにいるのでとてもよく知ってます」

「それにしても初めての料理、ねえ」

「ずっと二人三脚、ですか」

二人のことを知っている俺が場を回さないといけないと思っていたのだがそんなことはなく、俺の話題なのに俺そっちのけなのは首を傾げるが、二人の話はどんどんと進んでいった。

なごやかに思えた空気が三好先輩の発言により一変する。

「気になっていたのだけれど。あなた、藤咲さんっていったわよね？　もしかして一ノ瀬くんの元婚約者のご親族の方？」

「はい……、そうです」

「だったら言わせてもらうけれど、もうあなたの家と一ノ瀬くんは関係ないわよね？　だってあなたのお姉さんが婚約破棄したんですもの。なのに今も家に来て、まだお義兄さんだなんて呼んで、あなたは一体どういうつもりなの？」

力強い眼差しとともに鋭い指摘が入る。ハスキーな声がさらに低くなり、聞く人に圧を感じさせる。

寧々ちゃんの赤い瞳が揺れていた。

「三好先輩、これには事情があるんです」

「お義兄さん、大丈夫です」

三好先輩に俺から説明しようと口を開こうとした時、寧々ちゃんがそれを制止する。

寧々ちゃんはこちらを見てすうっと息を吸ったあと、覚悟したかのようにふうっと長く吐いた。

その瞳は揺れるのをやめてただ真っ直ぐ三好先輩を見つめていた。

「まず私の姉であるあの人はお義兄さんに多大なご迷惑をおかけしました。取り返しのつかないことだと思います。本当にごめんなさい」

寧々ちゃんは俺に体を向けて頭を下げた。

「謝らなくていい。前にも言ったが悪いのは寧々ちゃんじゃないんだから」

「それでも、ごめんなさい」

それから顔をあげて三好先輩に向き直る。

「お義兄さんと藤咲家の間に関係がないのは認めます」

ですが、と言葉をはさんで続ける。

「関係というのは戸籍やそういったものだけでなく、これまで接してきた時間だと私は思います。三好さんは職場での仕事などを通じてお義兄さんとのいまの関係がおありですよね？」

「ええ、そうね」

三好先輩は首肯する。

たとえ戸籍や血の繋がりがあってもそこに時間がなければ、誰であったとしても遠い存在だ。俺はそれを父親であるあの人を通じて痛いほど理解している。

「では職場が変わってしまえば他人になるのでしょうか。いえ、なりませんよね。現に三好さんとお義兄さんの関係は良好に続いています。いまでも家に泊めてしまうくらいに」

にっこり、と寧々ちゃんに顔を向けられる。笑顔なのになぜか寒気がするんだが。

「私は元婚約者の妹という立場ですごく遠い位置にいますが、姉の婚約中に家族を交えて会食をしたり出かけたりしたことだってあります。その時点でもう他人ではありません」

一度関わった以上、本当の意味で他人に戻ることなんてないと俺は思う。

離れたり関わらないという選択肢を取ることはできるが薄くて細くても繋がりはそこにあるのだ。

「あの日、式場で自分が悪いわけじゃないのに何度も頭を下げて謝ってる姿を見てお義兄さんが深く傷ついているのを感じました。それで藤咲家とは関係がなくなったいま関わらないほうがいいとも考えました、でも……」

言葉が詰まる。喉元に出かかった言葉をどうしようかと悩んでいるようだった。

「でも、私個人として傷ついたお義兄さんを支えてあげたい、慰めてあげたい、そう思ったんです。だから私はここにいます」

寧々ちゃんは三好先輩の方を向いたまま言い切った。

その言葉を聞いて三好先輩がゆっくりと口を開く。

「そうだったのね。話してくれてありがとう」

引き締められていた三好先輩の表情が緩む。

「私はなにもあなたたちの関係を否定するつもりはないの。本当にただ藤咲さんがどういうつもりなのか聞きたかっただけ」

そして、ひと呼吸置いて続ける。

「でも第三者である私がずけずけと無遠慮に聞いてしまったのは良くなかったわね。言い方も感情的になってしまって大人気なかったと反省しているわ。藤咲さん、本当にごめんなさい」

寧々ちゃんに向かって三好先輩は深く頭を下げた。

「あ、あの、頭をあげてください。元婚約者の家族がきてなにをしてるんだって、元上司である三好さんが心配するお気持ちも十分わかりますから」

「ありがとう、そういってくれると助かるわ。でも本当にごめんなさいね」

張り詰めていた空気が緩んだ。なんとか場が丸く収まったようだ。

というか寧々ちゃんさっき私個人としてって言ってたよな。お義母さんに頼まれて嫌々きてるんじゃなかったのか……？

「新さん」

「え？」

突然名前を呼ばれたことに心臓が高鳴り、思考が手放される。

「お義兄さんじゃないから呼び方かえる。これからは新さんって呼ぶ」

「いや、それは」

「新さん、……だめ？」

こてん、と首を傾げてきいてくる。そんな風にいわれたら断れるわけがなかった。

「いいよ」

「ありがと」

新さんか、いつもお義兄さんだったから聞き慣れないな。

それにしては寧々ちゃんの方はやけに言い慣れている気がする。呼び方を変えたときは、もっとこう呼ぶのにためらいとかあると思うのだが。

「ちょっ、ちょっと！　私も新くんって呼んでもいいかしら？」

髪をかきあげながら慌てた様子で三好先輩が尋ねてくる。

「え、どうしてですか？　理由ありませんよね」

「そうですよ、三好さん。便乗やめてください」

「そ、そんな……」

三好先輩の髪がはらりと顔にかかる。

「だ、だったら三好先輩じゃなくて結衣さんって呼んでくれないかしら？　ほ、ほらもう会社が違って先輩後輩でもないでしょ？」

なるほど、それなら理由があるか。いいですよ、と言いかけたそのとき。

「だ、だめです！」

大きな声がしたかと思ったら、ぷくっと頬を膨らませた寧々ちゃんがいた。

「どうして藤咲さんが断るのよ」

「だって、だめなものはだめなんです」

「あなた、名前で呼ばれてるじゃない。しかもちゃん付けで。私だって本当だったら結衣ちゃんって呼ばれたいのを我慢して、結衣さんって呼んでくれるようにお願いしてるのよ⁉」

え、そうなのか？

「下の名前で呼んでもらうのは寧々だけ。そうだよね、新さん？」

「そんなのずるいわ。私のことも名前で呼んで欲しいの、いいでしょ新くん？」

二人の顔がずずいっと寄ってくる。

寧々ちゃんのぱっちりとした赤い瞳、三好先輩のくっきりとした力強い瞳が目の前までくる。美少女と美女だと迫力がすごいな。顔が整いすぎていて圧倒されてしまう。

「あ、いまどさくさに紛れて名前で呼んだ！」

「べ、別にいいじゃない！」

それにしてもなんだこの状況は、俺の入る隙がない。どうすればいいんだ、と狼狽えているしかなかった。

突如、振動音が家に響いた。発生源を確認するとテーブルの上に置いてある自分のスマ

ホからだった。

「おっと、誰かから電話かな」

ディスプレイを確認すると元部下の北川伊吹からだった。

「すみませんが席を外します」

俺は二人を残してそそくさとその場を離れた。

こんな朝にどうしたのだろう、仕事の用件だろうか。

「おはよう、北川」

『おはようございます先輩！　いつでも連絡していいって言われて連絡しちゃいました。ご迷惑じゃありませんでしたか？』

「大丈夫だよ。どうした？」

『えっとですね。パン屋さんに行こうと思って歩いてたら、たまたまセンパイの家の近くを通りがかったものですから、ご一緒にモーニングでもどうかなと思いまして。コーヒーショップが併設されているところなんですけど……』

通信が不安定なのか声が元気だったり小さくなったりとしている。心なしかいつもの理路整然とした様子とは違ってどこかたどたどしい。

なるほど、たまたま俺の家の近くのパン屋さんに行こうとしていたのか。だったらアポなしも頷ける。

『その、ほんとに思いつきで寄っただけなので、ご予定があるなら断って頂いて全然構いませんので……』

「そうだな。誘いは嬉しいんだが、ちょっと今取り込み中だからまた今度でもいいか？」

寧々ちゃんと三好先輩を部屋に残したこの状況で俺が家を出るのはまずい。

それに朝ごはんならもう食べたからモーニングは必要ないし、断っても全然構わないといっていたからまた今度でいいだろう。

『は、はい。また今度、ですよね……。はは……』

さっきの発言とは裏腹にやけに落ち込んでる気がする。

社交辞令だと思われているのだろうか、俺は元部下の誘いを無下にするつもりはないんだが。

「ああ、本当にまた今度行こう。今日中にこちらから連絡する」

『え、本当ですか！　また今度ですね！　それでは失礼します！』

やった、と小さく北川の声がする。

通話はまだ切れてなかったのでその声が小さくとも鮮明に聞こえた。

よっぽど美味しいモーニングなのだろう。それに一人で行って食べるよりも人と一緒に食べる方が美味しい、というのを知ったからこそ俺にもその気持ちは分かるぞ。

北川の応対が終わって一息つく。そろそろ戻らないといけない。

なんだが胃がきりきりするが、意を決してリビングへの扉を開ける。

「寧々ちゃんったらほんとに可愛いのね。華奢でお肌もつるつるだし、なにか食事に気を遣ってることはあるのかしら？」

「食事はね、基本和食で菜食中心かな。寧々の方こそ聞きたいんだけど結衣さんみたいな大人っぽい体つきになるにはどうすればいいの？」

「そうね、週に三から四回はジムで筋トレしてるの。アメリカは日本よりもサプリや健康食品が充実してて便利なのよ」

「そうなんだ、結衣さんすごいね。寧々もジム行こうかな……」

「寧々ちゃんはまだ若いから大丈夫よ」

さっきまでの状況から一変して女子の美容トークに花を咲かせていた。

お互いに下の名前で呼び合って、敬語も砕けているし、いつのまにこんなにも仲良くなっているんだ。

女性というものは分からないな。

まあ、俺が入る隙がないというのは変わらなかった。

「あ、新さん、おかえり」

「おかえりなさい、新くん」

「えっと、ただいま？」

俺が戻ってきたことに気づいた二人が話をやめて、仲良く迎え入れてくれた。

「新さん誰から電話だったの？　急ぎで出かけたりする？」

「会社の元部下だった。モーニングに誘われたけどまた今度って断ってきたから大丈夫」

ぴきっ、と空気に亀裂が入る。

「へえ、新くんに部下ができてたのね、その方は男性なのかしら？」

「いえ、女性です」

ぴきぴき、と亀裂が深くなっていく。

「へえ、新さんって元部下の方にモーニングに誘われるほど慕われてるんだね」

「そうなるのかな。こうして誘われたのは初めてだが元上司として嬉しい限りだよ」

「「はあ」」

寧々ちゃんと三好先輩が二人揃(そろ)って肩を落としてため息をついていた。

この会話の回答におかしなことでもあったか、と俺は考えたが答えは出なかった。

それから俺たちは中断していた朝食を食べ終えるのだった。

今日は休日だったから寧々ちゃんはアルバイトまで勉強を、三好先輩は出かける支度をしていた。

「新くん、私そろそろ行くわね。一時帰国の間に日本でやらなくちゃいけないことがあるから」

キャリーケースを持った三好先輩を俺は玄関で見送る。

「急なのに泊めてくれてありがとうね、ご飯とってても美味しかったわよ」

「いえ、結衣さんこそ昨日は俺以上に怒ってくださってありがとうございました」

昨日のことに感謝を告げる。

自分以上に怒ってくれる人を見ると胸がすく思いになるし、なにより本気で怒ってくれている姿が嬉しかった。

「え、今、結衣さんって……」

「すみません、結衣ちゃんはちょっとハードルが高いので結衣さんって呼ばせてもらうことにしましたが失礼でしたでしょうか？」

「失礼じゃないわ、結衣さんでいいわよ。それと、結衣ちゃんって呼んでほしいって言ったこと忘れていいから！」

顔を真っ赤にして言ったあと結衣さんは髪をかき上げた。

「……そうですか」

元上司の命令だ、それは忘れることにしよう。

それから、こほん、と結衣さんは咳払いをした。

「アメリカ行きの件、改めて詳しく話す機会を設けようと思っているからまた連絡するわね。じゃあね」

「はい、分かりました。行ってらっしゃい」

「え、……あ。行ってきます！」

結衣さんはしばらく固まったあと、どたたっと走り去っていった。時間に遅れそうなことに気づいたのだろうか。

キャリーケースの車輪の転がる音と、ハイヒールの小気味良い音がマンションの共用廊下に響いた。

そういえば、最近寧々ちゃんを送り出すときに行ってらっしゃいって言うことが多いからつい言ってしまったな。

失礼じゃなかっただろうか。そんなことを考えながら俺はリビングへと戻った。

「新さん、あの……」

勉強をしていた寧々ちゃんが手を止めて俺の方へと向いていた。

「どうしたんだ？」

「新さんって、アメリカに行っちゃうの？」

さっき三好先輩と二人の時に聞いたんだけど、と俯く寧々ちゃんだった。

どうして三好先輩が寧々ちゃんに俺をアメリカ行きに誘ったことを言ったのかは分からない、俺がここを離れればもうお弁当を持ってこなくても済むから無関係ではないと判断したからだろうか。

「そうだな、結衣さんにアメリカで一緒に仕事をしないかと誘われているのは事実だ」

じっ、と寧々ちゃんは黙って俺の続きの言葉を待っているようだった。

「でもまだ詳しい内容を聞いていないというのもあるし、行くかどうかとかなにも決めてないんだ」

「もし条件が良かったらいっちゃうの？」

「どうだろう。働かなくても一人で生きていくお金ならあるからお金のために働く必要は今のところないんだ。今以上にお金が欲しくなったらフリーランスのプログラマーをするツテもないことはない」

生活のための労働はもうしなくてもいい。元々、人付き合いも多くないから世間体を気にすることもない。だから今のような趣味を楽しむ生活も悪くない。

もし働くとしたら、あとは自己実現のためになるだろう。

「教員免許もあるからこの歳からでも教師になるために採用試験を頑張ってもいいかなとかも考えている」

ひと呼吸置いて俺は続ける。

「恥ずかしながら自分のための人生というのをあまり考えたことがなかったから選択肢が様々あって悩んでいた。そして昨日結衣さんにアメリカに来ないかと言われてまた悩んでいるんだ。ここじゃない別の土地で生活するのも悪くないなと」

知らない土地で働いている姿を想像する。やりがいある仕事。自分という人間を求められる環境。

まだ内容を聞いたわけじゃないが、生き生きとしている結衣さんの姿を見ていると期待が膨らむ。

「そっか。新さんならなんだってできるよ。寧々応援してるね」

「ありがとう、そういってもらえて嬉しいよ」

しばしの沈黙のあと、寧々ちゃんは勉強道具を片付けてバイトへと向かった。

「そろそろ自分の身の振り方を考えなければいけないのかもしれないな」

ひとり残された俺はいつもより少し広く感じる部屋を見渡しながら呟いた。

幕間　寧々side④

バイトを終えて帰宅した寧々は寝支度を済ませてベッドの上に転がっていた。

今日は新（あらた）さんの元上司の三好（みよし）結衣（ゆい）さんに出会った。

今では結衣さんって呼ばせてもらっている。

初めに、玄関にあるハイヒールが目に飛び込んできた時は息ができないくらい苦しくなった。

けれど、エプロン姿のままの新さんが隠さずになんでもないように上司が来たことを話してくれたから少し安心した。

もし、そういう関係だったらきっともっと慌てるはず。いや、私にはどう思われても良かっただけかもしれないけど……。そうだとしたら悔しい……。

結衣さんはとても綺麗（きれい）で大人びていて、新さんと並んでいる姿を見るととてもお似合いだと思ってしまった。

仕事のできる美人キャリアウーマンと同じく仕事のできる超絶イケメン。嫉妬（しっと）せずにはいられなかった。

新さんが入社してからの直属の上司ということで長い時間一緒に過ごしていたことは会話の端々から感じさせられた。

私が分からないような仕事の話を軽くしていた。口を挟むことができずただ和やかな顔を作って眺めるだけしかできなかった、大人の世界は私にはまだまだ遠い。

自分では高校生ながら大学の勉強をして周りよりは進んでいるんじゃないかって思っていたけれどそれはただの勘違いで、恥ずかしい自惚れだった。

大人になりたいって考えているのは、まだ自分が子どもだからだ。

そして、結衣さんにこれまで先延ばしにしてた問題について質問をされて、背骨が氷柱になったような感覚を覚えるほど背筋が凍りついた。

いつか誰かに言われることだと思っていた、それがあのタイミングだった。

結衣さんの言葉からは私を責めるつもりがなくて、ただただ新さんを心配してる気持ちが伝わってきた。

それで私と同じ想いを持っているのが分かった。だからなにひとつ誤魔化さずにきっちりと答えた。

それから新さんが電話に出てる間に結衣さんとした会話を思い出す。

『新くんの顔を見たときに思ってた以上に元気な顔だったのは寧々ちゃん、あなたのおかげだったのね』

『そうなのでしょうか……』

『きっとそうよ。新くん料理頑張るって生き生きしちゃって本当かわいい。私はアメリカにいて駆けつけるのが遅くなったけど、あなたが居てくれてよかったわ』

——ありがとうね。

そのとき、この人はたとえ自分がそばに居られなかったとしても好きな相手の幸せを願える心優しい人なんだろうと思った。

だから、結衣さんがさり気なくずっと新くん呼びをしていたり褒めていたりすることは追及しないであげた。

結衣さんは続けて、

『でも、諦めたわけじゃないわよ』

新くんをアメリカに誘ったの、と結衣さんは私に話してくれた。

『本当なら言う必要はないかもしれないけれど、あなたには言っておかないとフェアじゃない気がしたから』

私を見据えて静かに告げるその姿に結衣さんは嘘のない真摯な人だと思った。

それからは意気投合して仲良くなった。

結衣さんが、じゃじゃーん、って子どもみたいに昨日の夜に撮った新さんとの自撮りをみせてきたときは、ちょっと腹が立った。

お酒を飲んで赤くなって目がとろんとしてる新さんが可愛すぎたからその気持ちは吹き

飛んだけど。

寧々も負けじと自撮りや色んな服を着てる新さんをみせた。

その写真をみて、かっこよすぎる、尊い、としきりに呟いていた結衣さんの姿は全然デキる女上司じゃなかったのが面白かった。

そして脱線していってガールズトークになっていったんだっけ。戻ってきた新さんは寧々たちをみてびっくりしてたよね。

そのときの顔が浮かんで、ふふ、っと笑みがこぼれる。

いつもクールで涼しげな顔なのに、目が点になってて可愛かった。

結衣さんもそう思っていたに違いない。


「それにしても……新さん、アメリカにいっちゃうのかな」

ふと、自分で口にした言葉に、楽しかった気持ちがしぼんでいく。

これからの新さんの人生に寧々が口出しできることはなにもない。

優秀な新さんなら嫌な思い出が残っているこの土地にわざわざ残る必要なんてない。新天地で伸び伸びと生きた方が良い。

どうして私は新さんがずっとここに居ると思っていたんだろう。

『まあ、決めるのは新くんだけどね』

結衣さんは肩をすくめてため息をついていた。

この人は遠い国から駆けつけて、断られるかもしれないというリスクを抱えながら優しく手を差し伸べているんだ。

仕事を与えることは生きる方法を与えること、生活を保障するということ。

私には出来ない。

ただ料理をしてお弁当を持って行ってあげて、なにかしている気になっていた自分が恥ずかしくなった。

それに新さんはもう気づいているかもしれない。寧々が嘘をついているってこと……。

寧々は新さんの思ういい子じゃない。ずるくて、臆病で、どうしようもない。

そんな寧々がこのまま新さんのそばに居てもいいのかな？

昏い感情はぐるぐると渦を巻いて心の底に沈んでいった。

7章 Chapter 7

Hanayome wo ryakudatsu sareta oreha tada heion ni kurashitai

朝、顔を洗って歯を磨く。

寝巻きではない部屋着に着替えて髪の毛をバームでセットする。

今日は少し早めに起きられたので『下弦の月』で買ったコーヒー豆をミルで挽く。電動もあるが、手動の方が俺は好きだ。

「うん、良い香りだ」

沸いたお湯をほんの少しだけ冷ましてからドリップする。豆が膨らんでポタポタとコーヒーが抽出されていく。

「朝にこれを待てる時間があるなんて、少し前までは思いもしなかったな」

垂れる雫を見ながら物思いにふける。

コーヒーをカップに注いでから時計に目をやる。そろそろ寧々ちゃんが来る時間だ。

昨日の夜に作った料理を寧々ちゃんの分も準備してテーブルの上に並べて待つ。

しかし、待てど暮らせどインターホンは鳴らなかった。

「まあ、遅れることもあるか」

いつも決まった時間に家に来ていたのだがこういう日もあるだろう。

それからコーヒーを飲んでインターホンの音がするのを耳を傾けながら待つも、寧々ちゃんがいま来たとしても学校に間に合わなくなる時間になったので、今日は来ないのだろうと思い至った。

俺は料理を温め直して自分で食べることにした。

二人でショッピングモールで買った寧々ちゃん専用のお箸をしまって、自分の箸と入れ替える。

なぜか、昨日の夜食べた時よりも美味しく感じられなかった。

次の日も、その次の日も寧々ちゃんが家に来ることはなかった。

来なくなった初日はなにかあったのかと心配したのだが、そのときに寧々ちゃんの連絡先を知らないことに気づいた。

毎日、朝に家に来ることが当たり前になっていたし、出かけるときも寧々ちゃんが迎えにきていたからそれでも問題なかったのだ。

次の日もインターホンが鳴ることはなく、そこで俺は、もう来ないのだろうと悟った。

まあ、お弁当を作らないようにお義母さんに頼んでいたのは自分だし、寧々ちゃんがわざわざ持ってくる必要はもうない。

だからいつかは来なくなって当然で、こうなることを俺は最初の頃に望んでいたのだった。

藤咲（ふじさき）家との関係性はこれが正しいんだろう。

けれどこれまで滅多に鳴ることのなかったインターホンの音を待っている俺がいた。

そのことに気付いて、自分のことを飼い主を待つ犬のようだなと苦笑する。いつからあの音が当たり前になっていたんだろう。

それから日々は一日が長く感じられるようになった。

朝は一人でご飯を食べて、昼は寧々ちゃんにお勧めされたアニメを観（み）てから趣味でプログラムを組んで、夜はスーパーで買い物をして料理をする。

会社に勤めていた頃とは違って、激務から解放されて悠々自適に過ごしているから充実しているはずだが、なんとも味気なかった。

そんな日が数日続いたとき、気分を切り替えようと俺は街に繰り出すことにした。

「ああ、まただめだ……」

カラフルな店内には賑（にぎ）やかな音楽が流れている。

俺は以前、寧々ちゃんときたショッピングモールのゲームセンターを訪れていた。

そして、クレーンゲームを前にして何度目かの失敗にうなだれていた。

『でかかわ』のぬいぐるみは大きくてアームで摑んでも、すかっとすっぽ抜けて微動だにしなかった。

「気分を変えるために来たのに、どうして俺はここにいるんだろう」

自問自答してみるが答えはなんとなく分かっていた。

ぬいぐるみが取れなくて口を尖らせて落ち込んでいた寧々ちゃんの横顔。

『次は取ってみせるよ』と、俺が軽く約束したことをとても喜んでくれたこと。

寧々ちゃんの顔が頭に浮かんで、足が自然とここに向いていたのだ。

お金を追加投入して再プレイしようとしたそのとき。

「あ、あの……おにいさん」

声を掛けられて俺は振り返る。

そこには制服を着た大人しそうな男の子がいた。初めて見る顔だ。

「ごめん、独占してしまっていたな。代わろうか？」

「い、いえ！　そうじゃないんです」

俺がさっきからここの台に張り付いていたから代わって欲しいのかと思って提案したが違った。

だったらどうしたのだろう、と疑問に思っていたら、

「突然話しかけてすみません。さっきから見ていたのですがそのやり方じゃ取れないと思

って、さしでがましいようですがつい声をかけてしまいました」

彼はとても丁寧に理由を話してくれた。

「なんだと？」

「ご、ごめんなさい！」

俺の言葉に彼は驚いて萎縮してしまう。

この図体にこの目つき、今日はメガネをつけていないから怖がらせてしまうのも無理はない。

「ごめん、ごめん。怖がらせるつもりはないんだ。ただやり方があるなら教えて欲しいと思ってな。教えてくれないだろうか？」

「は、はい！　ポイントやアドバイスで良ければお教えさせていただきます！」

「ありがとう。むしろそれが助かる。自分の手で取りたいんだ」

「そうだと思いました。さっき店員さんが位置を変えようとしても断ってましたもんね」

そんなところまで見られていたのかと少し恥ずかしくなる。

まあ平日の昼間にこんな図体の男がいたら少々目立つのだろうか。

「それに自分で取ったときの喜びは格別ですから」

彼は気持ちの良い笑顔をしていた。

取るのではなくて方法を伝えることが人への助けになることを彼は知っているのだろう。

藁にもすがる思いで彼のレクチャーを受けることにした。

「それではいいですか。このアームというのはとても弱く設定されています、だから摑んでもすぐにすっぽ抜けてしまうんです」

「なに、そうだったのか。どうりで持ち上げないわけだ」

「はい。確率機といって何回かに一度アームが強くなるタイミングがあるのですがそれは今回は考えずにいきましょう」

「分かった」

彼は俺の知らないことを教えてくれる。

クレーンゲームを前に目が輝いていて水を得た魚のようだった。

「この『でかかわ』のぬいぐるみは頭が大きくなっています。ですが、そこを摑んではいけません」

「なんだと……」

俺は新事実に衝撃を受ける。

「摑みやすいところを持つのがいいと思っていたのだが」

「そう思いますよね。ですが最初にお話しした通り、アームで摑んで持ち上げることはできないんです。だから軽い方を摑んで少しずつ動かしていきましょう」

目から鱗が落ちるとはこのことだった。

俺は彼にいわれたように軽い方の体をアームで摑む。

　すると、さっきまで持ち上げることのできなかったぬいぐるみが、重い頭を中心にして動いた。

「おお！」

「その調子です！　それで手前のシールドまで持ってきましょう」

　それから徐々にではあるが確実に動かして、手前まで持ってくることができた。

「ではここからが正念場です。シールド部分が若干低いので、ぬいぐるみのしっぽのあたりにあるタグのあいだにアームを通して持ち上げて落としましょう！」

「なに、あんな細いところにアームを通すのか」

　できるのだろうか、この俺に。

「おにいさんならできます！」

　悩んでいるところに声援を受け、背中を押される。

　欲しいタイミングで欲しい言葉をくれるのはなかなかできることじゃない。

　俺は意を決して、レバーとボタンを操作する。何度か操作している中でアームの開きや落ちるときのブレが分かってきた。

「よし、通ったぞ！」

「まだです！」

　奇跡的に一発でタグのあいだにアームが通る。

　そこで気を抜きそうになった俺に彼は檄（げき）を飛ばしてくれた。

そう、落ちるまでがクレーンゲーム。

俺と彼は固唾を飲んで行く末を見守った。

持ち上げられた『でかかわ』はシールドを越えて頭の方から、がこん、と落ちた。

少しの静寂のあと、二人のあいだに歓喜の声があがる。

「やった！　取れた！」

「やりましたね！　おにいさん！」

そして店員さんが駆け寄ってきてベルを鳴らしたあと、袋に詰めて渡してくれた。

「ありがとう、君のおかげだ」

「いいえ、おにいさんの成果ですよ」

謙遜する彼の姿にとてもいい人だと思った。

「それにしてもこの『でかかわ』ってなんだかおにいさんに似てますね」

「そうだろうか？」

「はい！　なんだか黒くて大きくて一見怖い感じがするのに、よく見れば優しい雰囲気があるところとか……」

なに、そんな風に思われていたのか。突然のカミングアウトに俺は驚く。

「あ！　失礼なこと言ってすみません」

自分の発言に気づいた彼は慌ただしく何度もお辞儀をしていた。

「いや、気にしなくていい。むしろ嬉しいかもしれない」

好きなキャラに似ているのは悪い気はしないので、俺は素直に感想をいう。

突如、店内に明るい女の子の声が響く。

「オタクくーん、どこ行ったのー？」

「あ、やばい。中村（なかむら）さんのこと忘れてた！」

その声の主はどうやら彼の友達のようだった。

「僕もう行かないといけないので失礼します！」

「いや、俺のためにすまない。アドバイスありがとう」

彼は走り去っていった、その背中越しに俺は感謝の言葉を告げる。

彼は金髪の美少女に駆け寄っていき頭を下げていた。

「ご、ごめん。中村さん！」

「もう、オタクくんどこ行ってたの！　罰として今日はオタクくんの家でオールでアニメの鑑賞会に決定だから」

「え！　今日はソシャゲのイベントしなくちゃいけないのに！」

「なぁに？　そんなことより、うちと過ごす方が楽しいっしょ？」

「まあ、最近はそうだね……」

「はーい、じゃあ決定！　てか中村さんじゃなくて陽葵（ひまり）でいいって言ってるのにいつになったら呼んでくれるの？」

「それはその……」

一見、交じり合わない二人に見えるがとても仲が良くて、いい雰囲気だった。

彼は俺のような男にも手を差し伸べてくれる優しい男の子だからそんな彼に惹(ひ)かれるのもどこか納得がいった。

人のことばかり見てはいられないので俺は家に帰ることにした。

そして手に持った袋に目をやる。

寧々ちゃんがもし家に来て、これをプレゼントしたら喜んでくれるだろうか。

ぬいぐるみをぎゅっと抱きしめて愛(め)でている様子を想像する。その姿はとっても可愛(かわい)いだろう。

『でかわ』のつぶらな瞳(ひとみ)が俺を見つめていた。

8章 Chapter 8

Hanayome wo ryakudatsu sareta oreha tada heion ni kurashitai

「母さん、今年は早く来れたよ」

俺は墓の周りを掃除しながら墓石に語りかける。


今日は母の命日だ。

母が亡くなってちょうど三年が経つ。


これまで命日だからといって仕事を休めることはなかった。

けれど、その日のうちに手を合わせることにしていたので、来るのはいつも夜だったのだ。だからこの日初めて日中に墓参りできたことになる。

そして、ひとつ気になっていたことがある。母の身内は俺しかいないのにもかかわらず、墓参りに来たときには花が添えられているのだ。

鮮度がよくその日のうちに供えられたものだと推測される。

それがこの二年続いていた。

「今日は俺の方が早かったみたいだな。それにしても誰なんだろうか」

母にも親しい友人などがいたのだろうが俺は母の交友関係は知らなかった。

そして、いつも俺が来た時にはある花がまだ供えられていなかった。

墓石まで掃除が終わり、お線香をあげてお供えものを台の上に置く。

「ほら、母さんの好きなたまご焼きだ。今年は持ってくることができたよ」

お供えものは今朝俺が作ったたまご焼きだ。それをタッパーに入れて持ってきた。

たまご焼きは俺の得意料理で、母さんが生前に教えてくれた料理だ。

小さい頃、いつも帰りが遅くなる母さんのために作った思い出がある。

初めのうちは上手(うま)く焼くことができなくて、スクランブルエッグみたいになってしまった。

ようやくある程度の形になって、いま思えば焼き目が強すぎて焦げていたりもしたけれど、母さんは褒めてくれた。

褒められるのが嬉しくて次の日に何個も何個もたまご焼きだけを作って、食卓がたまご焼き一面になったことがある。

そんな俺を母さんは叱ることなく「たまご焼きパーティーだね」なんて言って楽しそうに笑っていた。

寧々(ねね)ちゃんには初めてといったけれど、あれは身内以外に出すのは初めてという意味だった。

母さんが教えてくれた料理を寧々ちゃんが「美味しい」と言ってくれたのは嬉しかったな。

「俺、たまご焼きだけじゃなくて肉じゃがとか豚の角煮とか色んなものが作れるようになったんだ。母さんにも食べて欲しかったよ」

もし母さんが食べたのなら褒めてくれるだろうか、なんて考える。

そして寧々ちゃんと一緒に料理を作ったことを思い出す。

背後で、からん、と木があたるような軽い音がした。

それが誰かの足音だと気づくのに時間は掛からなかった。

「新さん」

まさか、と思って振り返る。

「来ていらっしゃったのですね」

そこには寧々ちゃんの母である藤咲智子さんが着物姿で花を携えて立っていた。

想像と違ったことに少し落ち込みながらも、俺は一礼する。

「お義母さん、お久しぶりです」

「まあ、お義母さんとまだ呼んでくれるのですね」

「すみません。お義母さんではなくて、智子さんですよね」

いつも寧々ちゃんとの会話でお義母さんと呼ぶことがあったので、その名残で呼んでしまった。

「いえ、新さんにお義母さんと呼んでもらえるのは嬉しいことです。ですが、もう違いますものね」

俺はそれになにも答えることができず、智子さんはどこか遠い目をしていた。

「新さん、改めて謝罪致します。私たち藤咲家が大変ご迷惑をおかけしました」

智子さんが深く頭を下げる。

「智子さん、頭をあげてください。謝罪ならすでにあの日に受けました。それに誠司さんを通じてその後の処理も済んでいますので謝られることはもうありませんよ」

「ですが、本当に申し訳ありません」

俺が大丈夫だと告げても、智子さんがしばらく顔をあげることはなかった。

藤咲家は姫乃さん以外はどうしてこんなに俺に謝ってくれるのだろうか。

見かねた俺は空気を変えるために声をかける。

「もしかして智子さんは俺の母の墓参りに来てくれたんですか？」

「ええ」

俺の質問で智子さんはようやく顔をあげて答えてくれた。

「ありがとうございます。ですが、そのままだとせっかくのお花が萎れてしまうので供えてはくださいませんか？」

「……それもそうですね」

墓石の前に移動して智子さんは花を供えてくれた。

そして線香をあげて手を合わせる。寧々ちゃんに似て所作がとても綺麗だと思った。

「ありがとうございます。母も喜んでいると思います。だけど智子さんがお墓参りに来てくださってるなんて知らなかったです。もしかしてこれまでも智子さんが？」

改めて俺は確認した。

「ええ、新さんからお母様についてお伺いしてからは毎年来ています」

「そうだったんですね。言ってくだされば良かったのに」

「いえ、わざわざ言うことではありませんよ。それに新さんに感謝をされたくて来ているわけではありません、私が来たくてここにいるのですから」

言ってくれればお礼ができたのにとも思ったが、智子さんの言うことにもどこか納得した。

俺の家の事情については、姫乃さんとその両親である智子さんと誠司さんに婚約する前に話していた。

俺が妾の子であることも、そして母が亡くなったことも。

以前智子さんに母のお墓の場所について尋ねられたことはあったのだが、まさか来てくださっているとは思わなかった。

「そう言っていただけると嬉しいです。ですがどうして母の墓参りに来てくださっているんですか？　母と智子さんには面識はありませんよね？」

そう、俺が気になっていたのはそこだ。

「面識はありませんが、新さんのお母様なのですから私がご挨拶に来るのは当然のことでしょう？」

ごく自然に、当たり前と言わんばかりに智子さんはいう。

「そうなのでしょうか……」

「そうですよ。それに新さんをこんなに良い人に育ててくれたのですから毎年お礼を言いに来ていました」

墓石を見つめながら智子さんは続ける。

「ですが、今日はお母様に謝りに来ました。あなたの大切な息子さんを娘が傷つけて申し訳ないと……」

「大丈夫です。母ならそんなことで怒りませんよ。むしろ謝られて困ってしまうと思います」

「そうですか……。新さんのその優しさはお母様譲りだったのですね」

智子さんは目尻に溜まった水滴をハンカチで拭いていた。

俺は母に似ているのだろうか、そうだと嬉しいな、と思いながら墓石を見つめた。

「気になっていたのですが、このたまご焼きは新さんが作ったのでしょうか？」

「そうですよ。良ければ召し上がりますか？」

お供えものはそのままにしておけないので誰かに食べてもらえる方が助かる。

「え、いいのですか？」

さっきまでの張り詰めた空気が緩んで智子さんが明るくなる。

もともとこの人は陽(ひ)だまりのような優しい人だ、これまで畏(かしこ)まっていたのだろう。

自分で食べるためにも割(わ)り箸(ばし)を用意していたので智子さんにそれを渡す。それから智子さんはたまご焼きを口へと運んだ。

「このたまご焼き美味しいです」

「はは、ありがとうございます」

ひとくち食べるや否やお褒めの言葉が出てきた。

その様子に、寧々ちゃんと似ているんだな、と思わず笑みがこぼれた。

「なんなら全部食べてもらって構いませんので」

「本当ですか？　ありがとうございます」

嬉(うれ)しそうに智子さんがたまご焼きを食べ進める姿に、こういうところも親子なんだなと思った。

それにしても、こうして見ると俺と同い年くらいに見えるな。

とても二人の娘の母とは思えないほど若く可愛らしい印象を受けた。

「ありがとうございます。ごちそうさまでした」

「いえ、お粗末さまでした」

食べ終えた智子さんは満足そうな表情を浮かべていた。自分が作ったものを美味しそう

てもと
に食べてもらう姿を見るのはやはり嬉しい。

「新さん料理お上手なんですね、焼き加減が程よくてだしの香りが上品で冷めていてもとても美味しかったです」

「いいえ、智子さんに比べればまだまだですよ」

何気なく返した俺の言葉に智子さんは固まる。

「それはどういうことですか……？」

「え、えっと。智子さんが作ってくださったお弁当のなかに小ネギ入りのたまご焼きがありましたよね？　それが美味しかったので自分ももっと頑張らないとなって」

話が飛躍して伝わらなかったのだろうかと、俺は説明を付け加えるが聞いている智子さんの顔はますます困惑する一方だった。

「私が作ったお弁当？　すみません、新さんがおっしゃっていることが分かりません」

智子さんが首を傾げて続ける。

「そもそも私、料理できませんのよ？」

信じられないことを耳にした俺は、思わず聞き返す。

「……それは本当ですか？」

「ええ、恥ずかしながら。私は手先が不器用ですので料理はできませんの」

どういうことだ、理解が追いつかない。鼓動が徐々に早くなっていく。

「そうなんですね……。あの智子さん、他にも聞きたいことがあるのでよろしければいくつか質問させていただいてもいいですか？」

「ええ、構いませんよ」

「ありがとうございます」

了承をとったあと、ひとつひとつ確認していく。

「姫乃さんは料理はできますか？」

「姫乃ですか、あの子も料理はできなかったかと思います。私よりも、その、酷くて……。ただ失敗するだけではなくとんでもないものを作り出してしまいます」

昔、姫乃さんが手作り弁当を作ってきてくれたことがあるのだが、それも違ったということか？

「家族のなかで料理ができるのは寧々だけですね、普段は料理人が家におりますので彼らにお任せしています」

俺が頭に疑問を浮かべていると智子さんが先行して答えてくれる。

たしかにそうか、大グループを統べる藤咲家ともなるとお抱えの料理人がいて自ら料理をすることはないし、伴侶となる人に求められるのは料理ではなくもっと別の資質なのだろう。

智子さんの発言の中でひとつ引っかかったことを尋ねる。

「寧々ちゃんが料理をできるんですか？」

「ええ、あの子はとっても上手ですよ。料理長から指導を受けたり、祖母から料理を学んだりしていたので。それに高校に入ってからはいつもお弁当を持参しているくらいですから」

なんと、寧々ちゃんが料理上手だったとは。

いつもおかあさんの名前を出して自分は普段料理をしない素振りを見せていたから気づかなかった。

けれどスーパーでの食材選び、俺への料理の指導などでレシピを見ずに教えている場面が何度があった。

暗記をしたからじゃなくて体が覚えていたというわけか。

「では智子さん、料理のレシピを書いたことはありませんか？」

「ありません。料理ができないのでレシピを書くなんてとてもではないですができない芸当です」

念のため確認したのだが、想定通りの回答が返ってきた。

レシピ通りにするのも難しいのにレシピを作るなんてもっと上級の行為だ。

思い返してみれば、レシピに書かれてある字は寧々ちゃんの勉強ノートにある字と筆跡が似ていた。

考えてみれば気づけるポイントはあったのだ。

「新さんは先ほどからなにをお聞きになりたいのでしょうか。いえ、少し推察できなくもないですが……。新さんになにがあったのですか？　お聞かせ下さい」

まっすぐに俺の目を見て智子さんが問う。

俺は深呼吸してからここ最近でなにがあったのかを伝えることにした。

「智子さん、怒らないで聞いてください。結婚式の次の日、寧々ちゃんがお弁当を持って俺の家を訪ねてきたんです。それもおかあさんに頼まれたからといって」

「なんと、まあ！」

智子さんが目を見開いて口元をおさえていた。

それもそうだろう、知らないところで自分の名前が出されていたのだから。

「その次の日も、いえ、それから毎日お弁当を持って俺の家に来てくれました」

「あの子ったら、最近なにかあると思っていたのですが家に押しかけていただなんて。藤咲家のものがご迷惑をおかけして重ね重ね申し訳ございません。新さんにはなんとお詫びしたらいいのか……、あの子には強く言い聞かせますから」

「寧々ちゃんを怒らないであげてください。それに、俺にも謝らなくて大丈夫です」

狼狽えている智子さんをなだめて俺は続ける。

「たしかに初めの頃は元婚約者のご家族の方に会うなんて気まずいなとか、もう関係がないはずだから好意であったとしても受け取ってはいけないよなとか、色々と考えて困っていました。けれど、いま思えばあれがなかったら自分はどうなっていたか分かりません」

あの日々を振り返る。

お弁当の優しくて丁寧な味と栄養のバランス、人の温もりが感じられるそれは憔悴しきった俺にはとても助かることだった。

そして次の日も寧々ちゃんが家にくるということ、それが心の支えになっていたことは事実だ。

「そう言っていただけますと、幸いです」

智子さんは煮え切らないような面持ちだったが理解してくれたのだろう。

「そうだ、様子が見たいから写真を撮ってきてって頼んだこともないですよね？」

「いえ、それは恐らく頼みました」

なに、写真を頼んでいたのは本当だったのか。

「新さんであるとは知らずにですが。それにしても、ふふ、大きくて一見怖いけれど実は繊細でかわいい黒い大型犬ですか……本当にその通りですね」

「えっと、どういうことでしょうか？」

「いえ、すみません。こちらの話です」

智子さんが唇に手を当ててなにかを思い出すかのように微笑んでいた。

深く聞きたくなったのだが後回しにして続ける。

「では、エプロンも智子さんはご用意されていないということですね？」

「エプロンですか？　それはいったいどんなものでしょうか？」

「これなのですが、見覚えはございませんか」

質問されたので俺はスマホにある写真を見せて確認する。

お弁当もそうだが、物をもらっていたのならお礼をしなくてはいけないと前から思っていたのだ。

「あらあら、二人して料理を作っているんですか？　仲が良さそうですね」

「いや、あの！　これは、その……」

エプロン単体の写真はないので着ているところしかなかったのだが、よりにもよって寧々ちゃんが撮った自撮りを母である智子さんに見せてしまった。

慌ててスマホをポケットにしまう。

恥ずかしい、体温が上昇して変な汗をかく。

ちなみに写真は寧々ちゃんからブルートゥースを使って送りつけられたものだった。

承認するまで何度も送って来るものだから拒否できなかったのだ。

「残念ながらそのエプロンに見覚えはございません。でもその写真を見て新さんが怒っていないことを知れて安心しました」

智子さんはほっと胸を撫でおろしていた。

さっきからの問答で気づいたが、恐らく本当に智子さんはなにも知らない。

全部寧々ちゃんがしたことなのだろうと分かったのでこれ以上の質問はやめることにした。

「私から少しお話よろしいでしょうか？」

「はい、なんでしょう」

俺ばかりが質問をしていたので、次は智子さんの話を聞くことにした。

「話とは、ここ数年の寧々についてです」

母である智子さんから見た寧々ちゃんについてか、気になるな。

俺が黙っていることを肯定ととらえてくれたのか智子さんは話を続ける。

「寧々はとても素直になりました、自分のしたいことを追求して、嫌なことやしたくないことにはきちんと理由を添えた上で断るようになりました。母としては喜ばしいことです。それによって新さんの家に押しかけるという結果になってしまったのであればそれはお恥ずかしいことなのですが……」

「いえ、それは気になさらないでください」

「ありがとうございます。寧々はこれまでは自分をあまり出さずに周りに合わせたり、周りの期待に応えようとするばかりで寧々の本音の部分は見えづらかったように思います」

前の寧々ちゃんはそうだったのか。

俺が失敗した料理をだした時は美味しくないとちゃんと言ってくれたし、気を遣って相手に合わせるのではなく、相手のことを想って自分の意見を出せる子だった。

「これまで通っていた小中高の一貫校である女子校から天ヶ峰高校に進学を決めたのも、高校に入ってから見た目が変わっていったのも、仲の良いお友達が増えたのも、アルバイトを始めて自立しようとしたのも、料理を始めたのも。そして、なにより笑顔が増えたことも」

智子さんは木漏れ日に照らされて、嬉しそうに微笑んでいた。

「いまにしてみれば、そうなったのは三年前。新さん、あなたと出会ったことがきっかけだったのではないかと考えています」

俺がしたことが寧々ちゃんの中のなにかを変えるきっかけになったのだろうか。

「最近はほんとに楽しそうでした、それは新さんと会っていたからですね。だけどここ数日は元気がありません、もしかしたら寧々は家にお邪魔していないのではないですか？」

「そう、ですね……」

「やはりそうでしたか。つまり、そういうことなのですね」

「どういうことでしょう？」

「申し訳ございませんが、私も想像の域をでませんので、不確かな内容を新さんにお伝えすることは控えておきます。できればあの子から直接聞いてやってください」

それはそうだ。

あくまでも智子さんが感じたことであって、寧々ちゃんの考えではないから不用意に話すのは違うのだろう。

だったらなぜ、寧々ちゃんは俺のところに来ていたんだろうかと考える。

誰かにお願いされたわけでもなく、お弁当を作って毎日家に来る理由はなんだったのだろう。

そして、来なくなった理由はなんだろう。

それを考えたら寧々ちゃんに無性に会いたくなった。

顔を見て話が聞きたくなった。

「あの智子さん、寧々ちゃんは家にいますか？」

「いえ、今日は珍しく出かけると言ってましたよ」

出かけるのか、だけど今日は休日だから探せば見つかるはずだ。

「寧々に会いに行かれるのですか」

「はい。どうしても寧々ちゃんに会って話を聞きたいのと、感謝を伝えたくて。それでは失礼します」

俺は智子さんに寧々ちゃんの連絡先を聞くことなく走りだす。

なぜなら一刻も早く彼女に会いたかったからだ。

それに連絡先を知らなくとも会える気がしていた。

寧々ちゃんのことだ、きっとあの場所にいるだろう。

だって今日は——。

駅に降り立つと夕陽が空を紅く染めていた。

母の墓から目的地までは遠く、電車での移動に時間がかかってしまった。

寧々ちゃんはいるだろうか、あの場所に行っていたとしてもすでに帰ってしまったのではないだろうか。

はやる気持ちを抑えられず改札を抜けてから俺は地面を蹴り続ける。

走っていて心拍数が上がっているのと、夏になりかけの暑さの両方で汗が垂れる。

遠くから蟬の鳴く声がする。まだ夏本番ではないが早くにでてきたやつがいるのだろう。

そいつは他の個体に会うこともなく、ただ一人で鳴くだけで生涯を閉じてしまうかもしれない。

そして、ようやく目的地が見えてきた俺は安堵する。

視界の先には黒と赤の髪がなびいて夕日を反射していた。

彼女も俺が走ってきているのが見えたからか驚いた表情を浮かべていた。

良かった、顔を合わせたら逃げられるんじゃないかと思っていたけど、その心配はなさそうだ。

「寧々ちゃんやっぱりここにいた」

彼女の目の前まで着いた俺は肩で息をしながら声をかける。

「新さん、どうしてここに？」

「だって今日は寧々ちゃんと俺が初めて会った日だから」

俺と寧々ちゃんがいたのは、以前に寧々ちゃんのアルバイト先から帰るときに遠回りして寄った橋の上だった。

この場所は寧々ちゃんと初めて会った場所だ。

そして今日は寧々ちゃんと初めて会った日、だからここにいるんじゃないかと思っていた。

「それに寧々ちゃんがこの場所を大切にしていることを前に教えてくれただろ？」

わざわざ帰り道に寄ってこの景色を眺めるのが好きだと寧々ちゃんは言っていた。

困惑している様子の寧々ちゃんだったが俺は構わずに続ける。

「今日、寧々ちゃんのおかあさんに会ったよ」

「そっか……」

俺の雰囲気と一言で全てを察した寧々ちゃんは俯いて小さく呟いた。

「全部聞いたんだね」

「ああ、そうだ」

「だったらなおさら、どうして会いにきたの？」

酷く辛そうな顔で寧々ちゃんは俺に向きなおる。

俺は寧々ちゃんに言わねばならないことがある。

「ありがとう、って伝えたくて」

「どうして？　寧々ずっと新さんに嘘ついてたんだよ？」

「そんなことは関係ない。寧々ちゃんが俺にしてくれたことは全部本当だし、きっかけが嘘だっただけでそんなのは些細なことだ。だから」

——ありがとう。

俺は頭を下げて改めて寧々ちゃんにお礼をいう。

「やめて新さん、寧々は感謝されるほどいい子じゃないから。寧々が新さんを傷つける理由を作ったんだから……」

寧々ちゃんは今にも泣き出しそうになりながらぽつりと言葉を落とす。

「ひとつ後悔してることがあるの。寧々が三年前の今日、あのまま……」

「よせ、冗談でも言うんじゃない」

俺の制止を振り切って寧々ちゃんは続ける。

「あのままここから飛び降りていたら、新さんが傷つくことはなかったんじゃないかって」

時が止まったような静寂。

俺はあの日のことが頭にフラッシュバックしていた。

梅雨もあけて夏に入りかけの頃、寝苦しくなってきた深い夜。

橋の欄干の上に女の子が立っていた。

初めに目に入ったときは幽霊かなにかだと思った。

視界が暗くて欄干の上に立つ姿が宙に浮いているように見えたから。

それはひどく現実離れしたような光景だった。

しばらく呆然(ぼうぜん)としていたのだが、やがてそれが実体のある人だと認識できたときに俺は走りだしていた。

『なにやってるんだ!!』

足がすくんでどうにもならなくなっている彼女の身体を引き寄せた。

そして彼女は喚(わめ)くわけでも抵抗するわけでもなく、ただ一言だけ、

『この世界からいなくなりたい』

と、悲痛な言葉を漏らしたのだった。

年端もいかない少女の口からこの言葉が出てくるまでになにがあったのだろうと想像して、俺は心臓を握りしめられるような感覚を覚える。

『なにも分からなくて無責任かもしれないけど、それでも俺は君に生きてほしいと思うよ』

そして警察に連絡して彼女を保護してもらった。

寧々ちゃんは俺から離れようとしなかったので、警察が来るまでの間や警察署に移動してご両親が来るまでの間も俺は寧々ちゃんと話をしていた。

彼女は学校でいじめにあっていたようだった。

きっかけは友達グループが二つあってそのどっちに属するかで問題になったそうだ。

友達間のいざこざは中学校ではよくあること、よくあるだけにそれは根深い。

寧々ちゃんはどっちにも仲の良い友達がいたからどっちのグループとも遊んでいたのだが、その態度が気に食わなかったらしく、徐々にどっちのグループとも遊んでもらえなくなって孤立していった。

そのときに仲が良かった友達もグループから離れるのを恐れて寧々ちゃんと関わることはなくなったそうだ。

それからは孤立するだけでなく酷いことをされるようになったのだという。

話そうとすると涙が溢（あふ）れて止まらなくなっていたので、俺はそれ以上聞くことはしなかった。

「あの日、たまたま通りがかった新さんに寧々は救われたの。でもそれがきっかけで藤咲家と関わりができて、……あんなことになっちゃった」

当初は寧々ちゃんの婚約者にするという話も出ていたのだが、年端もいかない少女だったのと精神的にまだ不安定だと判断して、姉の姫乃さんと婚約することになったと聞いている。

「結衣（ゆい）さんに言ったように、あの日救われた寧々が今度は傷ついた新さんを支えてあげたいって思ったのは本当だよ？　最初は断られるんじゃないかって勇気がでなくて……だから理由をつけて新さんに会いにいったの」

俺は黙って寧々ちゃんの話に耳を傾けていた。

「初めの頃は新さんに会えることが嬉しくて楽しくて。でも嘘をついて会いにいったことにどんどんと罪悪感が出てきたの。いつか打ち明けようと思ってたけど、嫌われるのが怖くてどうしようもなくて」

寧々ちゃんの言葉が地面に吸い込まれるように消えていく。

気持ちのままに脈絡もなく紡ぐ想（おも）いを俺は受けとめたいと思う。

「それに新さんが傷ついた原因は間接的に寧々にあるって気づいてからはどうしたらいいか分からなくなっちゃった」

そんなときにね、と寧々ちゃんは前置きをおく。

「結衣さんから新さんのアメリカ行きの話を聞いて思ったの、離れるなら今だって。そしたら寧々の嘘もバレることはないし、全部自分の保身のため。新さんの思うようないい子じゃないんだよ」

俺の家に来ていた理由も、離れた理由も分かった。

「幻滅したでしょ？」

今にも消えそうな声で俺に問いかける。

違うんだ。寧々ちゃんはひとつ大きな誤解をしている。

「幻滅なんてしない。人の心はときに嘘をつくし論理的にいかないことだって多々ある、だって俺がそうだから。俺はあの日寧々ちゃんに生きて欲しいって言っただろ？」

「うん……、その言葉がすごく響いたから寧々は頑張れているよ？」

「そうだと嬉しいよ。でも俺はどの口がそれを言ってんだって自分に思う。だって――」

ひと呼吸おいて俺はいう。


「あの日、俺もここから飛び降りるつもりだったんだ」


三年前の今日。

病室にて、温もりが戻ることのない手を俺はただ握っていた。

『母さん……』

ベッドには眠ったように動かなくなっている母さんがいた。

これまでの心労がたたり、母さんは床に臥せるようになっていたがその生活も今日で終わりを告げた。

辛かったのだろうか、楽しかったのだろうか。安らかに眠る母さんの顔を見ればその答えが少し分かるような気がした。

母さんがまだ話せるほどには元気だった頃、言われた言葉がある。

『今まで苦労かけてごめんね、これからは新の好きなことを好きなようにすればいいんだよ。だから幸せになってね……』

俺は母さんが好きだった。だから母さんのためにすることが俺の好きなことだったのだが、母さんからすればそれは違うと思ったのだろう。

母さんを追い出したあの家を見返すために俺は必死になって勉強した。

母さんが床に臥せるようになってからも自分の生活と、治療費のためにアルバイトをした。

それから俺は自身の実力で一ノ瀬(いちのせ)商事へと入社した。

誰にも頼らずに自分の力だけで戦いたかった。

あの人に俺を認めさせることで、母さんを認めてもらいたかったのだ。

他にも世間の目や、謂(いわ)れのない声を全て覆したかった。

それは徐々に叶(かな)いつつあったが母さんはもう亡くなってしまった。

そこでぽっきりと折れて、生きる希望を見失ってしまった。

そして今日に至るまで、父親であるあの人が病室に顔を出すことはなかった。

連絡をしても音沙汰(おとさた)がなかった。

母さんのために生きていたこの生涯が一気に色褪(いろあ)せていくのを感じた。

打ち上がる花火の音が俺を急かしているかのように聞こえた。

いたたまれなくなった俺は病室を飛び出して、ひとりあてどなく彷徨っていた。

歩いているときに病院からほど近くにある橋のことを思い出した。

『……もう、いいか』

そう思うと足取りが軽くなる気がした。

「そうして歩き続けたその先で寧々ちゃん、君が居たんだ」

寧々ちゃんははっと息を飲んでいた。

初めて聞いたのだから驚いているんだろう。

「俺は自分が飛び降りようと思っているのに、どうしてか目の前の女の子には生きていて欲しくて。矛盾している気持ちは分かっているんだけど、目の前で命が失われることはもう嫌だったんだ」

夕暮れから徐々に暗くなっていく空にあの日が重なる。

「そしてあの日、寧々ちゃんを救ったようで俺は寧々ちゃんに救われていたんだ。この子に生きて欲しいって言った俺が、頑張らないのは違うなって思ってさ」

「そうだったんだ……」

口を開いた寧々ちゃんは小さく声を漏らした。

「そう、だから本当に感謝しないといけないんだ。俺を間接的に傷つけたとか気にしなくていい、だってあの日俺は寧々ちゃんに生かされたんだから」

「また寧々はなにも知らなかった……」

落ち込みそうになっている寧々ちゃんに俺は声をかける。

「知らないことなんてこれからも沢山ある。俺だって寧々ちゃんがお弁当を作ってきてくれてるのを知らなかったんだ」

「それは、ごめんなさい」

「謝らなくたっていい、知ってからどうすればいいか考えればいいんだよ。それで全然遅くないと思う。だからこうして寧々ちゃんに感謝を伝えにきた」

寧々ちゃんを見つめて俺はいう。

「本当にありがとう。寧々ちゃんは俺に救われたのかもしれないけれど、俺は寧々ちゃんに二回も救われているんだよ。だから寧々ちゃんは誰がなんと言おうがいい子なんだ。寧々ちゃん自身が自分を悪く言っても俺は胸を張っていい子だって言うから」

「新さん……」

寧々ちゃんの瞳(ひとみ)から一粒の涙が溢れた。その姿はどこか幻想的で美しいとさえ思えた。

だけど、と俺は声を一段低くして告げる。

「俺は寧々ちゃんにひとつ言いたいことがある」

「どうしたの……？」

怯えている寧々ちゃんを前に俺は続ける。

「俺は急にいなくなったことを怒っている」

「え……、え？」

怒っているという言葉を聞いておろおろとする寧々ちゃん。

「俺はもうあのお弁当なしでは生きていけないんだ」

「え～？」

「だってあのお弁当は美味しすぎる。好みドンピシャだ。毎日作って欲しいくらいだ」

「ま、毎日？　そんなの無理だよ。新さんアメリカに行くんでしょ？」

そうだよね、と寧々ちゃんは俺の顔を窺う。

「アメリカには行かないことにした。結衣さんにもそう伝えてある」

寧々ちゃんと会っていなかったときに、俺は結衣さんに会って話をした。

アメリカでの仕事の話は魅力的だったけれど俺はそれを断らせてもらった。

『心のどこかでこうなるんじゃないかって思っていたの。じゃあ帰ることにするわね』

と言葉を残して、どこか吹っ切れたような表情で結衣さんは去っていった。

「誰かに与えられた選択肢じゃなくて、俺は好きなことをして好きなように生きると決めた。このままアメリカに行ったとしても多分上手くいくんだと思う。けれどどこか惰性で生きていくような気がした。それにやっぱり寧々ちゃんがいないとどこか元気が出ないんだ……俺はおかしくなってしまったんだろうか……」

「怒ってたのに、落ち込んじゃった」

寧々ちゃんの言う通りだった。

それに俺の感情は迷子になっていた、まだ道が定まっていないのだろう。

「もうしょうがないなぁ、寧々がいないとだめなんだから。じゃあ」

――新さん、明日も慰めてあげるね？

微笑む寧々ちゃんの姿は、目の前に天使が降り立ったように見えた。

あの日の悲痛な少女の姿はどこにもない。

「新さん――」

続けて寧々ちゃんがなにかを言おうとしたそのとき。

夜空を覆い隠すような大輪の花が咲いたあと、腹の底に響く音がした。

「花火だ」

俺たちはそれに気を取られる。

病室で聞いていた花火だったがこの橋の上からは割と近くで見えるようだった。

「寧々ちゃん、さっきなにを言おうとしたんだ？」

「……なんでもない」

彼女はそっぽを向いてどこかに行こうとする。

追いかけようと一歩踏み出したとき、寧々ちゃんは振り返って俺に近づきこう言った。

「なんてね。新さん大好き」

直後、頰に柔らかい感触が当たる。

頭がぼーっとする。暑さでやられてしまったのだろうか。

「言いたいことはなにがあっても言おうって決めたの。花火なんかに寧々の気持ちはさえぎらせないんだもん」

寧々ちゃんの頰は赤く染まっていた。

それは花火が照らしているせいではないんだろう。

いつしか俺たちはこの橋の上で以前には見下ろしていた景色を、二人して見上げることができるようになったのだ。

暗く深い、夜の底ではなく。綺麗に輝く、光の花を。

エピローグ

Epilogue

Hanayome wo ryakudatsu sareta oreha tada heion ni kurashitai

いつもと変わらない平穏な日常が戻ってきた。

朝、俺は寧々（ねね）ちゃんの作ったお弁当を口にしながら思う。

あの日から大きく変わったはずなのに、いつのまにかこれが日常になっていることに苦笑する。

隣には寧々ちゃんが居て俺の食べる様子を見つめていた。

しかし、いつもとは違う点がある。

「ずっと抱きしめているけどそんなに好きなのか？」

「うん、大きくてあったかくて抱きしめていると安心する。ずっと抱きしめてたらダメ？」

「いや、寧々ちゃんの好きにしていいよ」

赤い瞳で上目遣いをされてしまった俺は簡単に許してしまう。

ぎゅっと大事そうに抱きしめている姿を見ていると微笑ましくなる。

「じゃあそうする。取ってくれてありがとう、ぬいぐるみ」

そう言って寧々ちゃんは『でかかわ』のぬいぐるみを抱きしめながら頬をすりつけてい

た。

普段大人っぽく振る舞っている寧々ちゃんの女の子らしい一面が見えて可愛い。

このぬいぐるみは寧々ちゃんが来なくなった時期に俺がクレーンゲームで取って今日ようやくプレゼントしたものだった。

渡してからずっとこの調子だ。

「新さんよく取れたね。大変だったんじゃないの？」

「ああ、何度挑戦してもビクともしなくて硬貨があっという間に飲み込まれていったんだけど、そこにたまたま親切な男の子が指導してくれてそのお陰で取れたんだ。俺ひとりの力じゃ取れなかったと思っている」

「へえ、優しい人もいるんだね」

そういえば男の子の名前を聞くのを忘れていたな。

またゲームセンターに行けば会えるかもしれない。

「コツを掴んだから今度またゲームセンターに行こう。そこで新しいぬいぐるみを取ってあげるよ」

「いいの？」

「もちろん、一緒に行こうって前に約束していたしね」

「ありがとう新さん」

なに取ってもらおうかな、と寧々ちゃんは今から楽しそうにしていた。

一度取っただけなのに大仰なことを言ってしまったかなと俺は少し反省する。

大丈夫、あの男の子の教えを守れば次もちゃんと取れるはずだ。

話が一段落して心地の良い沈黙が訪れる。

しばらくすると、寧々ちゃんがぐるりと部屋を見回していた。

「このお家、色んなものが増えたよね」

「ああ、そうだな」

言われて俺も部屋を見回す。ただ寝るためだけの殺風景で簡素な部屋に少しずつ物が増えてきた。キッチンにかけられたエプロン、戸棚にあるお皿やお箸、寧々ちゃんから借りている漫画、ジャムの瓶、焼酎の甕。

「前よりもこの家に新さんの血が通ってる感じがする」

「そうだな、寧々ちゃんがいたから自分らしさが少しずつ出てきたんだと思う。この家に血を通わせてくれているのは寧々ちゃんだ、だからなくてはならない心臓ってことになるのかな？」

「寧々が新さん家の心臓……」

「すまない、なんか変なことを口走ってしまった」

「ううん、嬉しいよ。新さんにはやっぱり寧々がいないとだめなんだね」

天使のように微笑む姿に俺は何度も救われている。

いつのまにか寧々ちゃんがいることが俺の日常になっている。

本当にこの子には助けられてばかりだな。

「ごちそうさま」

「おそまつさまでした」

お弁当を食べ終え、いつもと同じやり取りの中にどこか新鮮味を覚える。

そうか、同じじゃないんだ。俺はその理由に気付いて小さく笑みが溢れる。

「どうしたの？」

「いや、作ってくれた人に初めて直接言えたと思ってね。寧々ちゃんいつもありがとう」

これまでは寧々ちゃんのおかあさんに対して感謝していたけど、今日からようやく本人に言えるんだと思って嬉しくなる。

「え、あ……うん、全然気にしないで。そ、そうだ。明日はなにがいいかな？」

改めて直接言われたからか、顔を赤くして照れている寧々ちゃんが話を逸らすように捲し立てる。

「なんでもいいよ」

「なんでも……」

しまった。なんでもいいは料理を作る人に言うと一番困らせてしまう言葉だった。

「違うんだ。その、寧々ちゃんが作ってくれたらなんでも美味しいと思うから」

「新さん、ずるい」

寧々ちゃんは頬をぷくっと膨らませながら怒っていた。

適当に誤魔化していると勘違いされたのかもしれない。本当に寧々ちゃんの作る料理は美味しいのにな。

「もし何か思い浮かんだら連絡してね。明日作ってくるから」

「ああ、その時は連絡する」

あの日俺たちは連絡先を初めて交換した。

これまで長く居たのにお互いにスマホを取り出して交換するのはなんだかこそばゆかった。

「そろそろ時間だ、新さん一口ちょうだい」

「どうぞ」

俺は一口だけ残していたコーヒーを寧々ちゃんに差し出す。

「ふう、目覚めた。これって寧々のお店の豆使ってるの？」

「そうだよ。なにか違ったか？」

「なんだかお店で飲むより美味しいって思ったの」

「うーん、特になにもしていないんだがな」

淹れ方が違うのだろうか。俺の方がお店より美味しく淹れられているとは思えないが。

「じゃあ、寧々行くね」

学生鞄を持って立ち上がる寧々ちゃんを俺は玄関まで見送る。

ローファーに足を通した寧々ちゃんに、行ってらっしゃい、と声をかけようとしたその刹那。

ふいに寧々ちゃんの頬が俺の胸にあたり、背中に腕が回されて、強く抱きしめられる。

「ぬいぐるみは好きだけど、新さんのことはもっと好き」

そしてパッと回していた手を離すと、行ってきます、と言って玄関から勢いよく飛び出して行った。

俺は一瞬のことに呆けながら「行ってらっしゃい」となんとか口にするのだった。

たしかに出会った時と比べて寧々ちゃんは変わった、そしてあの日からまた変わったように思う。

寧々ちゃんが成長したように俺も成長しなくちゃいけない。かっこいい大人として寧々ちゃんの前に立てるように、俺も頑張らないとな。

その一歩として俺はあることを思いつく。

そうだ、明日は寧々ちゃんのために俺が朝ごはんを作ってあげよう。

寧々ちゃんに連絡するとすぐにスマホが震えて俺は目を細める。

スマホを確認するとディスプレイには『ほんと？　だったらたまご焼き食べたい！』と寧々ちゃんからの返事が表示されていた。

返信の早さに驚きつつも、俺はたまご焼きを美味しそうに食べている寧々ちゃんを思い浮かべて、その可愛らしさに自分の口元が自然に弧を描くのを感じた。

あとがき

本作をお手に取って頂き、誠にありがとうございます。初めまして、浜辺ばとるです。

さて、本作は婚約破棄ものの要素を男女逆転させて、なおかつ異世界ではなく現代日本を舞台に書いたものとなっています。

昨今、多様な考えが広まって仕事観やジェンダー観が変わったように思います。他にも法改正による成人年齢の引き下げなど、目まぐるしく移ろう時代だからこそ生まれた作品だと感じています。

本作はｗｅｂサイトにて掲載していた内容を書籍化するにあたって加筆修正しました。応援してくださった皆さまのおかげでこうして書籍という形でお届けすることができました。ありがとうございます。ｗｅｂで既にお読みの方にも楽しんでいただけるように頑張りましたので、喜んで貰えたらとっても嬉しいです。

また、書籍ならではといえばイラストですよね！

この度、Ｋｕｒｏ太先生が描かれる素敵なイラストによって作品の世界が広がって、文字通り色付きました。寧々、伊吹、結衣はもちろん、姫乃まで想像以上で最上級に可愛くて、何度も見返してはその度に顔が綻んでしまいました。本当にありがとうございます。

どうかこれからもよろしくお願いします。Ｋｕｒｏ太先生の美麗なイラストを拝むことをモチベーションに続刊目指して頑張る所存です……！

そして、お声を掛けてくださった担当編集様。右も左も分からない私に懇切丁寧に対応してくださりありがとうございます。おかげさまでこの作品がより良く仕上がって世に羽ばたくことが出来ました。

その他この本の出版に関わってくださった全ての皆様に感謝いたします。ありがとうございます。

数学やプログラマーについてを教えてくれたM君。高身長の悩みについて教えてくれたW君。初めの読者として感想をくれたKちゃん、いつもありがとね。

最後に、私を伸び伸びと育ててくれた母に感謝とともにこの作品を捧げます。

花嫁を略奪された俺は、ただ平穏に暮らしたい。

著　浜辺ばとる

角川スニーカー文庫　24059

2024年3月1日　初版発行

発行者　山下直久

発　行　株式会社KADOKAWA
〒102-8177 東京都千代田区富士見2-13-3
電話　0570-002-301（ナビダイヤル）

印刷所　株式会社暁印刷
製本所　本間製本株式会社

◇◇◇

●お問い合わせ
https://www.kadokawa.co.jp/（「お問い合わせ」へお進みください）
※内容によっては、お答えできない場合があります。
※サポートは日本国内のみとさせていただきます。
※Japanese text only

Printed in Japan　ISBN 978-4-04-114704-7　C0193

★ご意見、ご感想をお送りください★

〒102-8177 東京都千代田区富士見 2-13-3
株式会社KADOKAWA　角川スニーカー文庫編集部気付
「浜辺ばとる」先生
「Kuro太」先生

[スニーカー文庫公式サイト] ザ・スニーカーWEB　https://sneakerbunko.jp/